BILINGUAL BOOK ENGLISH FOR BEGINNERS

THE BLACK TIDE

A Tale of Horror on the High Seas

ARIEL SANDERS

Copyright © 2025 by ARIEL SANDERS
All rights reserved.

No part of this book may be reproduced, stored in a retrieval system, or transmitted in any form or by any means—electronic, mechanical, photocopying, recording, or otherwise—without the prior written permission of the publisher, except in the case of brief quotations used in reviews.

This book is intended for entertainment purposes only. While every effort has been made to ensure accuracy, the author and publisher make no representations or warranties regarding the completeness, accuracy, or reliability of the information contained within. The reader assumes full responsibility for their interpretation and application of any content in this book.

Index

Prologue A Dark Legend	7
Prólogo	11
Una leyenda Oscura	11
Chapter 1 The Boy Who Dreamed of the Sea	15
Capítulo 1 El Chico Que Soñaba Con El Mar	19
Chapter 2 Aboard the Crimson Shark	25
Capítulo 2 A bordo del Tiburón Carmesí	31
Chapter 3 The Map and the Curse	39
Capítulo 3 El Mapa y la Maldición	47
Chapter 4 Storm and Shadows	55
Capítulo 4 Tormenta y Sombras	61
Chapter 5 The Island of Lost Souls	67
Capítulo 5 La Isla de las Almas Perdidas	75
Chapter 6 The First Death	83
Capítulo 6 La Primera Muerte	91
Chapter 7 The Cave of Echoes	99
Capítulo 7 La Cueva de los Ecos	109
Chapter 8 The Black Tide Returns	119
Capítulo 8 El Retorno de la Marea Negra	131
Chapter 9 The Treasure's Curse	145
Capítulo 9 La Maldición del Tesoro	157
Chapter 10 The Price of Greed	169
Capítulo 10 El Precio de la Codicia	173
Chapter 11 A New Beginning	179
Capítulo 11 Un Nuevo Comienzo	185

Glossary English	193
Chapter 1	195
Chapter 2	196
Chapter 3	198
Chapter 4	200
Chapter 5	201
Chapter 6	202
Chapter 7	203
Chapter 8	205
Chapter 9	206
Chapter 10	208
Chapter 11	210
Glosario Español	212
Prólogo	212
Capítulo 1	214
Capítulo 2	216
Capítulo 3	218
Capítulo 4	220
Capítulo 5	222
Capítulo 6	224
Capítulo 7	226
Capítulo 8	228
Capítulo 9	230
Capítulo 10	232
Capítulo 11	234

SPECIAL BONUS

Want this Bonus Ebook for *free*?

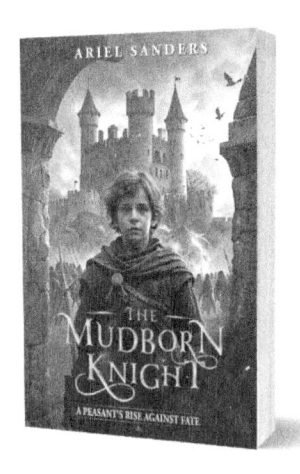

SCAN W/ YOUR CAMERA TO DOWNLOAD THE EBOOK!

SCAN ME

Prologue
A Dark Legend

The old tavern by the harbor was crowded that night. Rain pounded on the wooden roof, and the wind howled like a dying animal. Perfect weather for ghost stories.

In the corner sat an old sailor. His face was weathered like old leather, with deep lines carved by sun and salt. One eye was cloudy white, blind from some ancient injury. The sleeve of his right arm hung empty. He sat alone, nursing a mug of dark rum.

No one knew his name. Some said he was the last survivor of a famous shipwreck. Others whispered he had once been a pirate. The children of the village called him simply "Old Salt."

"Tell us a story!" shouted a young sailor, already drunk on cheap ale. "You always have the best tales!"

The old man's good eye narrowed. "You want a story, boy? Be careful what you ask for. Some tales are better left untold."

But the crowd insisted. They pushed a fresh mug of rum toward him, and finally, the old sailor nodded.

"Very well," he said in a voice like grinding stones. "I'll tell you of the *Black Tide*. But don't blame me for the nightmares that follow."

The tavern grew quiet. Even the barmaid stopped to listen.

"It was fifty years ago," the old sailor began. "The *Black Tide* was the finest ship ever built. Fast as the wind, with sails black as midnight. Her captain was William Drake, a man feared throughout the seven seas.

"Drake and his crew discovered something on a small island far to the south. Something they should have left buried. A treasure, they said, more valuable than all the gold in the king's treasury.

"They loaded their find onto the *Black Tide* and set sail for home. But that night, a storm unlike any other swept across the ocean. Black clouds that moved against the wind. Lightning that struck the same place, again and again.

"When the storm cleared, the *Black Tide* was... changed. Her black sails seemed to absorb the light around them. The wood of her hull had darkened, as if burned. And those who looked upon her said the ship seemed... alive somehow.

"Drake and his crew were changed too. They became cruel shadows of themselves. They attacked ships without mercy. Survivors told strange tales – that the pirates of the *Black Tide* could walk through solid walls, that their touch froze a man's blood in his veins.

"Then, one night, the *Black Tide* simply vanished. Some say she was swallowed by the sea. Others believe she still sails these waters, hunting for greedy souls.

"Since then, many have sought the treasure of the *Black Tide*. Brave captains, experienced sailors, powerful navies – all of them disappeared without a trace.

"There's an old saying among sailors: 'Those who follow the *Black Tide*... never return.'"

The old sailor fell silent and drained his mug. Outside, the storm grew fiercer. Lightning illuminated the harbor for a brief moment.

"What was the treasure?" asked a young woman, her eyes wide.

The old man's face darkened. "No one knows for certain. Gold, perhaps. Or jewels. But I believe it was something else. Something older than mankind. Something that should remain lost."

"Have you seen it?" asked the drunk sailor. "The *Black Tide*?"

The old man's single eye seemed to look through them, to some distant horror only he could see.

"Once," he whispered. "Just once. I was a young man then, full of dreams and courage." He gestured to his empty sleeve. "This is what my curiosity cost me. And I was lucky."

He stood suddenly, throwing coins on the table. "Remember my warning. If you ever see a ship with black sails that seem to swallow the light – run. Don't look back. Don't listen to the voices that call your name. Just run."

With that, the old sailor limped out into the storm, leaving the tavern in uneasy silence.

"Nonsense," said the innkeeper finally. "Just an old man's tale."

But no one met his eyes. And though the fire burned bright, the room seemed colder somehow.

As the night deepened, the sailors drank to chase away the chill of the old man's story. But the legend of the *Black Tide* had been told, and like all dark legends, it had taken root in their minds.

Among those listening was a young boy, hidden in the shadows. Jack was his name, and his eyes gleamed with a dangerous mix of fear and fascination. Unlike the others, who tried to forget the tale, Jack held onto every word.

Little did he know, the *Black Tide* had already heard his silent call.

Prólogo

Una leyenda Oscura

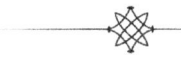

La vieja taberna junto al puerto estaba llena aquella noche. La lluvia golpeaba con fuerza el techo de madera, y el viento aullaba como un animal moribundo. Un clima perfecto para contar historias de fantasmas.

En la esquina se sentaba un viejo marinero. Su rostro estaba curtido como cuero antiguo, con profundas arrugas talladas por el sol y la sal. Un ojo era de un blanco nublado, ciego por alguna antigua herida. La manga de su brazo derecho colgaba vacía. Estaba solo, saboreando una jarra de ron oscuro.

Nadie conocía su nombre. Algunos decían que era el último sobreviviente de un famoso naufragio. Otros susurraban que había sido pirata. Los niños del pueblo lo llamaban simplemente "Viejo Lobo de Mar".

"¡Cuéntanos una historia!", gritó un joven marinero, ya borracho de cerveza barata. "¡Siempre tienes las mejores historias!"

El ojo bueno del anciano se entrecerró. "¿Quieres una historia, muchacho? Ten cuidado con lo que pides. Algunas historias es mejor dejarlas sin contar."

Pero la multitud insistió. Le acercaron una jarra fresca de ron y, finalmente, el viejo marinero asintió.

"Muy bien", dijo con una voz que sonaba como piedras moliéndose. "Les hablaré de la Marea Negra. Pero no me culpen por las pesadillas que les sigan."

La taberna quedó en silencio. Incluso la camarera se detuvo para escuchar.

"Fue hace cincuenta años", comenzó el viejo marinero. "La Marea Negra era el mejor barco jamás construido. Rápido como el viento, con velas negras como la medianoche. Su capitán era William Drake, un hombre temido en los siete mares.

"Drake y su tripulación descubrieron algo en una pequeña isla muy al sur. Algo que deberían haber dejado enterrado. Un tesoro, decían, más valioso que todo el oro del tesoro del rey.

"Cargaron su hallazgo en la Marea Negra y zarparon hacia casa. Pero esa noche, una tormenta como ninguna otra azotó el océano. Nubes negras que se movían contra el viento. Relámpagos que golpeaban el mismo lugar, una y otra vez.

"Cuando la tormenta amainó, la Marea Negra estaba... cambiada. Sus velas negras parecían absorber la luz a su alrededor. La madera de su casco se había oscurecido, como si estuviera quemada. Y quienes la miraban decían que el barco parecía... vivo de alguna manera.

"Drake y su tripulación también cambiaron. Se convirtieron en crueles sombras de sí mismos. Atacaban barcos sin piedad. Los sobrevivientes contaban extrañas historias: que los piratas de la Marea Negra podían atravesar paredes sólidas, que su toque congelaba la sangre de un hombre en sus venas.

"Entonces, una noche, la Marea Negra simplemente desapareció. Algunos dicen que fue tragada por el mar. Otros creen que todavía navega estas aguas, cazando almas codiciosas.

"Desde entonces, muchos han buscado el tesoro de la Marea Negra. Valientes capitanes, marineros experimentados, armadas poderosas... todos desaparecieron sin dejar rastro.

"Hay un viejo dicho entre los marineros: 'Aquellos que siguen a la Marea Negra... nunca regresan'."

El viejo marinero calló y vació su jarra. Afuera, la tormenta arreciaba. Un relámpago iluminó el puerto por un breve momento.

"¿Qué era el tesoro?", preguntó una joven, con los ojos muy abiertos.

El rostro del anciano se ensombreció. "Nadie lo sabe con certeza. Oro, tal vez. O joyas. Pero yo creo que era otra cosa. Algo más antiguo que la humanidad. Algo que debería permanecer perdido."

"¿La has visto?", preguntó el marinero borracho. "¿La Marea Negra?"

El único ojo del anciano pareció mirar a través de ellos, hacia algún horror distante que solo él podía ver.

"Una vez", susurró. "Solo una vez. Era joven entonces, lleno de sueños y valor." Señaló su manga vacía. "Esto es lo que me costó mi curiosidad. Y tuve suerte."

Se levantó de repente, arrojando monedas sobre la mesa. "Recuerden mi advertencia. Si alguna vez ven un barco con velas negras que parecen tragarse la luz... corran. No miren atrás. No escuchen las voces que llaman su nombre. Solo corran."

Con eso, el viejo marinero cojeó hacia la tormenta, dejando la taberna en un incómodo silencio.

"Tonterías", dijo finalmente el tabernero. "Solo el cuento de un viejo."

Pero nadie le sostuvo la mirada. Y aunque el fuego ardía con fuerza, la habitación parecía más fría de alguna manera.

A medida que la noche avanzaba, los marineros bebían para alejar el escalofrío de la historia del anciano. Pero la leyenda de la Marea Negra había sido contada y, como todas las leyendas oscuras, había echado raíces en sus mentes.

Entre los que escuchaban había un muchacho joven, escondido en las sombras. Jack era su nombre, y sus ojos brillaban con una peligrosa mezcla de miedo y fascinación. A diferencia de los otros, que trataban de olvidar el relato, Jack se aferró a cada palabra.

Poco sabía él que la Marea Negra ya había escuchado su silenciosa llamada.

Chapter 1
The Boy Who Dreamed of the Sea

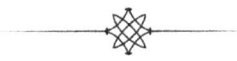

Jack stood on the rocky shore, watching the fishing boats return in the golden light of sunset. The small village of Blackwater was the only home he had ever known, but in his heart, he belonged to the sea.

At seventeen, Jack was tall and lean, with unruly brown hair that constantly fell into his eyes. Years of helping on fishing boats had given him strong arms and callused hands. But unlike the other boys in the village, who were content with the simple life of fishermen, Jack dreamed of adventure.

"Daydreaming again?" came a familiar voice.

Jack turned to see his mother, Emma, walking carefully over the rocks. Time had been kind to her, but grief had left its mark in the silver strands of her hair and the lines around her eyes.

"The boats are back," Jack said. "I should help with the catch."

Emma smiled sadly. "You look so much like him sometimes. Standing there, staring at the horizon."

She didn't need to say who. Jack's father, Henry, had been a sailor on a merchant ship. Ten years ago, his vessel had vanished during a storm. No wreckage was ever found, no bodies recovered. Just another mystery claimed by the sea.

"I had the dream again last night," Jack said quietly.

Emma's smile faded. "The one about the ship?"

Jack nodded. For years, he had dreamed of a magnificent vessel with blood-red sails. In the dream, he stood at its helm, sailing toward unknown adventures.

"It's just a dream, Jack," Emma said gently. "The sea has taken enough from this family."

But Jack knew it was more than a dream. It was a calling.

That evening, as Jack helped sort the day's catch, his friend Thomas rushed up to him, excitement written across his freckled face.

"Have you heard?" Thomas whispered. "A ship's anchored in the hidden cove!"

Jack's heart quickened. Ships rarely stopped at Blackwater; the harbor was too small for anything but fishing boats.

"What kind of ship?" Jack asked.

Thomas glanced around nervously. "A pirate ship," he said, his voice dropping even lower. "The *Crimson Shark*. They're looking for new crew members."

Pirates! Jack had heard stories of pirates all his life – brutal thieves who preyed on merchant ships. But he had also heard tales of adventure, of treasure, of freedom on the open sea.

"How do you know this?" Jack demanded.

"My cousin works at the tavern in the next village," Thomas explained. "The pirates sent a man to find recruits. They're sailing tonight on the midnight tide."

Jack's mind raced. This was his chance, perhaps his only chance, to escape the quiet life of Blackwater.

"You're not thinking of joining them?" Thomas asked, suddenly worried. "They're dangerous, Jack. Criminals."

"I'm not thinking anything," Jack lied. But his decision was already made.

That night, as his mother slept, Jack packed a small bag – a change of clothes, a knife that had belonged to his father, a locket with his parents' portraits. He wrote a brief note, promising to return someday with stories and treasures.

The moon was hidden behind clouds as Jack crept out of the cottage. The village was silent except for the distant crash of waves. Jack took one last look at his home, then turned toward the hidden cove.

The path was treacherous in the dark, winding along the edge of steep cliffs. One wrong step could send him plummeting to the rocks below. But Jack knew these cliffs like the back of his hand.

As he rounded the final bend, Jack saw it – a ship anchored in the secret cove, its red sails furled. Lanterns glowed on its deck, casting eerie shadows. Smaller boats ferried men from shore to ship.

Jack scrambled down to the beach, heart pounding. A rough-looking sailor was directing the loading of supplies.

"Are you from the *Crimson Shark*?" Jack asked, trying to keep his voice steady.

The sailor eyed him suspiciously. "What's it to you, boy?"

"I want to join your crew," Jack said firmly.

The sailor laughed. "Go home to your mother, kid. This ain't no fishing trip."

"I'm stronger than I look," Jack insisted. "I've worked on boats all my life. I can tie any knot, read the weather, navigate by stars—"

"Enough," the sailor growled. "Captain Morgan doesn't take children."

Jack's face burned with anger. "I'm seventeen! My father was Henry Storm, the best navigator in these waters."

At this, the sailor's expression changed. "Henry Storm? From the *Sea Maiden*?"

Jack nodded eagerly. "You knew him?"

"Knew of him," the sailor corrected. "A good sailor, they said." He studied Jack for a long moment. "Can you really navigate?"

"Yes," Jack said, though his knowledge was limited to what his father had taught him as a child and what he had learned from books.

The sailor grunted. "Get in the boat. But understand this – if Captain Morgan doesn't want you, you'll be swimming back to shore."

Heart racing with excitement and fear, Jack climbed into the small rowboat. As they pulled away from shore, he felt a moment of doubt. What was he doing? Joining pirates? Leaving his mother without saying goodbye?

But then he looked up at the *Crimson Shark*, its wooden hull gleaming in the moonlight, and the doubt faded. This was his destiny. The sea was calling him, just as it had called his father.

Little did Jack know that other forces were calling too – darker, older, more dangerous. And somewhere beyond the horizon, the *Black Tide* was waiting.

Capítulo 1
El Chico Que Soñaba Con El Mar

Jack estaba de pie en la costa rocosa, observando cómo los barcos pesqueros regresaban bajo la dorada luz del atardecer. El pequeño pueblo de Blackwater era el único hogar que había conocido, pero en su corazón, él pertenecía al mar.

A sus diecisiete años, Jack era alto y delgado, con un rebelde cabello castaño que constantemente le caía sobre los ojos. Los años ayudando en los barcos pesqueros le habían dado brazos fuertes y manos callosas. Pero a diferencia de los otros chicos del pueblo, que se contentaban con la simple vida de pescadores, Jack soñaba con aventuras.

"¿Soñando despierto otra vez?", llegó una voz familiar.

Jack se giró para ver a su madre, Emma, caminando con cuidado sobre las rocas. El tiempo había sido amable con ella, pero el dolor había dejado su marca en los mechones plateados de su cabello y en las líneas alrededor de sus ojos.

"Los barcos han vuelto", dijo Jack. "Debería ayudar con la captura".

Emma sonrió con tristeza. "Te pareces tanto a él a veces. De pie ahí, mirando al horizonte".

No necesitaba decir quién. El padre de Jack, Henry, había sido marinero en un barco mercante. Diez años atrás, su embarcación había desaparecido durante una tormenta. Nunca se encontraron restos del naufragio, ni se recuperaron cuerpos. Solo otro misterio reclamado por el mar.

"Tuve el sueño otra vez anoche", dijo Jack en voz baja.

La sonrisa de Emma se desvaneció. "¿El del barco?"

Jack asintió. Durante años, había soñado con una magnífica embarcación de velas rojo sangre. En el sueño, él estaba en el timón, navegando hacia aventuras desconocidas.

"Solo es un sueño, Jack", dijo Emma con suavidad. "El mar ya le ha quitado suficiente a esta familia".

Pero Jack sabía que era más que un sueño. Era un llamado.

Esa tarde, mientras Jack ayudaba a clasificar la captura del día, su amigo Thomas corrió hacia él, con la emoción escrita en su rostro pecoso.

"¿Has oído?", susurró Thomas. "¡Un barco ha anclado en la cala escondida!"

El corazón de Jack se aceleró. Los barcos raramente se detenían en Blackwater; el puerto era demasiado pequeño para cualquier cosa que no fueran barcos pesqueros.

"¿Qué clase de barco?", preguntó Jack.

Thomas miró nerviosamente a su alrededor. "Un barco pirata", dijo, bajando aún más la voz. "El Tiburón Carmesí. Están buscando nuevos miembros para su tripulación".

¡Piratas! Jack había escuchado historias de piratas toda su vida – brutales ladrones que atacaban barcos mercantes. Pero también había oído relatos de aventuras, de tesoros, de libertad en mar abierto.

"¿Cómo sabes esto?", exigió Jack.

"Mi primo trabaja en la taberna del pueblo vecino", explicó Thomas. "Los piratas enviaron a un hombre para buscar reclutas. Zarparán esta noche con la marea de medianoche".

La mente de Jack corría veloz. Esta era su oportunidad, quizás su única oportunidad, de escapar de la tranquila vida de Blackwater.

"No estarás pensando en unirte a ellos, ¿verdad?", preguntó Thomas, repentinamente preocupado. "Son peligrosos, Jack. Criminales".

"No estoy pensando nada", mintió Jack. Pero su decisión ya estaba tomada.

Esa noche, mientras su madre dormía, Jack empacó una pequeña bolsa – un cambio de ropa, un cuchillo que había pertenecido a su padre, un medallón con los retratos de sus padres. Escribió una breve nota, prometiendo regresar algún día con historias y tesoros.

La luna estaba oculta tras las nubes cuando Jack salió sigilosamente de la cabaña. El pueblo estaba en silencio excepto por el lejano romper de las olas. Jack dio una última mirada a su hogar, luego se dirigió hacia la cala escondida.

El sendero era traicionero en la oscuridad, serpenteando al borde de empinados acantilados. Un paso en falso podría enviarlo precipitándose hacia las rocas abajo. Pero Jack conocía estos acantilados como la palma de su mano.

Al doblar la última curva, Jack lo vio – un barco anclado en la cala secreta, sus velas rojas recogidas. Las linternas brillaban en su cubierta, proyectando siniestras sombras. Botes más pequeños transportaban hombres desde la orilla al barco.

Jack bajó apresuradamente a la playa, con el corazón latiendo con fuerza. Un marinero de aspecto rudo dirigía la carga de suministros.

"¿Eres del Tiburón Carmesí?", preguntó Jack, tratando de mantener firme su voz.

El marinero lo miró con sospecha. "¿Qué te importa, chico?"

"Quiero unirme a tu tripulación", dijo Jack con firmeza.

El marinero se rio. "Vete a casa con tu madre, muchacho. Esto no es una excursión de pesca".

"Soy más fuerte de lo que parezco", insistió Jack. "He trabajado en barcos toda mi vida. Puedo hacer cualquier nudo, leer el clima, navegar por las estrellas..."

"Suficiente", gruñó el marinero. "El capitán Morgan no acepta niños".

El rostro de Jack ardió de ira. "¡Tengo diecisiete años! Mi padre era Henry Storm, el mejor navegante en estas aguas".

Ante esto, la expresión del marinero cambió. "¿Henry Storm? ¿Del Doncella del Mar?"

Jack asintió ansiosamente. "¿Lo conocías?"

"Sabía de él", corrigió el marinero. "Un buen marinero, decían". Estudió a Jack por un largo momento. "¿Realmente sabes navegar?"

"Sí", dijo Jack, aunque su conocimiento se limitaba a lo que su padre le había enseñado de niño y lo que había aprendido de los libros.

El marinero gruñó. "Sube al bote. Pero entiende esto – si el capitán Morgan no te quiere, volverás a la orilla nadando".

Con el corazón acelerado por la emoción y el miedo, Jack subió al pequeño bote de remos. Mientras se alejaban de la orilla, sintió un momento de duda. ¿Qué estaba haciendo? ¿Uniéndose a piratas? ¿Dejando a su madre sin despedirse?

Pero entonces miró hacia el Tiburón Carmesí, su casco de madera brillando bajo la luz de la luna, y la duda se desvaneció. Este era su destino. El mar lo estaba llamando, tal como había llamado a su padre.

Jack no sabía que otras fuerzas también lo estaban llamando – más oscuras, más antiguas, más peligrosas. Y en algún lugar más allá del horizonte, la Marea Negra estaba esperando.

Chapter 2
Aboard the Crimson Shark

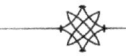

The *Crimson Shark* was both beautiful and terrifying. As Jack climbed aboard, he took in every detail – the polished wood, the complex rigging, the cannons lining each side. This was a ship built for speed and battle.

The sailors moved with purpose, ignoring Jack as they prepared to depart. Their faces were hard, their bodies marked with scars and tattoos. These were men who lived by violence.

"This way, boy," the sailor who had brought him aboard said. "Captain's waiting."

Jack followed him across the main deck, trying not to stare at everything around him. He needed to appear confident, capable – not like an awestruck village boy.

The captain's cabin was at the rear of the ship, its door decorated with elaborate carvings of sea creatures. The sailor knocked twice, then pushed the door open.

"The boy I mentioned, Captain. Says he's Henry Storm's son."

Inside, a man stood behind a large desk covered with maps and instruments. Captain Morgan was tall and broad-shouldered, with a thick black beard streaked with gray. A long scar ran from his left temple to his jaw. But most striking was his right eye – or rather, what had replaced it. A strange device of glass and brass sat in the empty socket, with multiple lenses that could be rotated into place.

"So," the captain said, his voice surprisingly cultured, "Henry Storm's boy. Come seeking adventure?"

Jack stood as tall as he could. "Yes, sir. I want to join your crew."

Captain Morgan adjusted one of the lenses in his mechanical eye, studying Jack intently. "And what skills do you bring to my ship? Can you fight? Kill?"

Jack swallowed hard. "I can learn to fight. I know the sea. I can navigate, mend sails, tie knots—"

"Navigator, eh?" Morgan interrupted. "Your father's talent." He gestured to a map on his desk. "Show me our position."

Jack approached cautiously. The map showed a coastline he recognized. He searched for landmarks, calculating in his head.

"Here," he said, pointing to a small bay. "Blackwater Cove. And we're heading..." He studied the notations on the map. "Southeast? Toward the Serpent Islands?"

Morgan's expression revealed nothing. "Not bad. But navigation alone won't keep you alive on this ship." He walked around the desk, circling Jack like a predator. "This isn't a merchant vessel, boy. We take what we want. We fight. Sometimes we kill. Are you prepared for that?"

Jack met his gaze steadily. "I'll do what's necessary."

Morgan laughed suddenly. "Brave words. We'll see if you mean them." He returned to his desk. "Very well. You'll join as a cabin boy for now. Prove yourself useful, and perhaps you'll earn a proper place among my crew."

"Thank you, Captain," Jack said, relief washing over him.

"Don't thank me yet," Morgan replied coldly. "This life you've chosen – it may end with a knife in your back or a noose around your neck. Now go. Find Quartermaster Elias. He'll assign your duties."

Outside, Jack released a shaky breath. He had done it! He was officially part of the crew.

"You the new boy?" came a gruff voice.

Jack turned to see an enormous man with a shaved head and arms thick as tree trunks. Despite his intimidating size, his face was surprisingly kind.

"Yes, sir," Jack replied. "I'm looking for Quartermaster Elias."

The big man chuckled. "Sir? I'm no officer, boy. Name's Tom. Big Tom, they call me. I'm the cook." He gestured toward the front of the ship. "Elias will be at the helm. Skinny fellow, doesn't talk much. Can't miss him."

"Thank you," Jack said.

"Word of advice," Big Tom added. "Watch yourself around the crew. Not all are friendly to newcomers. And stay clear of Anne. She's got a temper worse than a wounded shark."

"Anne?" Jack repeated, confused.

"You'll see," Tom said cryptically. "Now off with you. And stop by the galley later if you get hungry."

Jack made his way toward the helm, carefully navigating around busy sailors. Some ignored him; others gave him suspicious glances. He felt painfully out of place.

The man at the helm stood perfectly still, his hands resting lightly on the wheel. He was tall and thin, with dark hair pulled back in a tight knot. His skin was much darker than the other sailors', suggesting origins far from these northern waters.

"Excuse me," Jack said. "Are you Quartermaster Elias? The captain sent me to find you."

The man turned slowly, fixing Jack with intense, dark eyes. "You are the new one," he said. It wasn't a question. His accent was strange, his words carefully chosen. "Henry Storm's son."

"Yes, sir. Jack Storm."

Elias studied him for a long moment. "The sea has called you, as it called your father."

Jack blinked in surprise. "You knew my father?"

"Our paths crossed," Elias said. "He was a good man. Skilled. Respectful of the sea's power." He gestured to a young sailor nearby. "Take the helm."

As the sailor replaced him at the wheel, Elias beckoned Jack to follow. "You will sleep with the crew. You will work with the crew. You will earn your place."

He led Jack to the forecastle where hammocks hung in tight rows. "This one is yours," he said, pointing to an empty hammock. "Keep your possessions few. Space is precious on a ship."

"What will my duties be?" Jack asked.

"Whatever is needed," Elias replied. "Tonight, you will help prepare for departure. Tomorrow, I will teach you our ways."

Before Jack could ask more questions, a commotion erupted on deck. Angry voices, then the distinctive sound of a fist striking flesh.

Elias sighed. "Come. Your first lesson begins now."

They returned to the main deck where a crowd had gathered around two figures locked in combat. One was a burly sailor with a matted beard. The other, to Jack's astonishment, was a young woman.

She was perhaps twenty, with short-cropped red hair and clothes identical to the male sailors. She moved with surprising speed, ducking under the bigger man's wild swing and delivering a sharp jab to his ribs.

"What did you call me, Jenkins?" she snarled.

"You heard me," the sailor spat. "Women bring bad luck on ships. Everyone knows that."

"Is that so?" She feinted left, then drove her knee into his stomach. As he doubled over, she brought her elbow down on the back of his neck, sending him crashing to the deck.

"Enough!" Elias's voice cut through the noise.

The young woman straightened, her chest heaving with exertion. There was a wild look in her green eyes, like a cornered animal.

"He started it," she said, wiping blood from her split lip.

"I did not ask who started it," Elias replied evenly. "Captain Morgan expects discipline on his ship."

The fallen sailor was helped to his feet by his friends, glaring at the woman with hatred.

"Who's the boy?" the woman asked, noticing Jack.

"New crew member," Elias explained. "Jack Storm."

She looked him up and down critically. "Bit young, isn't he?"

Jack bristled. "I'm seventeen."

"A child," she scoffed.

"This is Anne," Elias told Jack. "Our best scout and fighter."

Anne gave a mock bow. "Charmed, I'm sure." Her tone made it clear she was anything but. "Just stay out of my way, boy."

With that, she pushed through the crowd and disappeared below deck.

"She doesn't seem to like me," Jack observed.

"Anne doesn't like anyone," Elias said. "She has her reasons." He pointed to the fallen sailor, who was being helped away. "Remember this lesson. On this ship, respect is earned, not given. Anne has earned hers."

Over the next few hours, Jack worked harder than he ever had before. He helped store supplies, learned the names of the sails, memorized commands. By midnight, when the order came to weigh anchor, he was exhausted but exhilarated.

Standing at the rail, Jack watched as Blackwater receded into the distance. There was no turning back now. He was officially a pirate, sailing toward adventure – and danger.

What Jack didn't know was that Captain Morgan had plans beyond simple piracy. In his cabin, the captain studied an ancient parchment by lamplight, tracing a route to an unmarked island. And in the margins of the map, barely visible, were the same strange symbols the old sailor had described in his tale of the *Black Tide*.

Capítulo 2
A bordo del Tiburón Carmesí

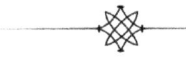

---※---

Aquí tienes la traducción al español, manteniendo el estilo fluido y natural:

El Tiburón Carmesí era a la vez hermoso y aterrador. Mientras Jack subía a bordo, absorbió cada detalle – la madera pulida, el complejo aparejo, los cañones alineados a cada lado. Este era un barco construido para la velocidad y la batalla.

Los marineros se movían con determinación, ignorando a Jack mientras se preparaban para zarpar. Sus rostros eran duros, sus cuerpos marcados con cicatrices y tatuajes. Estos eran hombres que vivían de la violencia.

"Por aquí, muchacho", dijo el marinero que lo había traído a bordo. "El capitán está esperando".

Jack lo siguió a través de la cubierta principal, tratando de no quedarse mirando todo a su alrededor. Necesitaba parecer seguro, capaz – no como un chico de pueblo asombrado.

El camarote del capitán estaba en la parte trasera del barco, su puerta decorada con elaboradas tallas de criaturas marinas. El marinero golpeó dos veces, luego empujó la puerta para abrirla.

"El chico que mencioné, Capitán. Dice que es el hijo de Henry Storm".

Dentro, un hombre estaba de pie detrás de un gran escritorio cubierto de mapas e instrumentos. El capitán Morgan era alto y de hombros anchos, con una espesa barba negra veteada de gris. Una larga cicatriz recorría desde su sien izquierda hasta su mandíbula. Pero lo más impactante era su ojo derecho – o más bien, lo que lo había reemplazado. Un extraño dispositivo de vidrio y latón ocupaba la cuenca vacía, con múltiples lentes que podían rotarse en su lugar.

"Así que", dijo el capitán, su voz sorprendentemente culta, "el hijo de Henry Storm. ¿Vienes buscando aventuras?"

Jack se irguió lo más que pudo. "Sí, señor. Quiero unirme a su tripulación".

El capitán Morgan ajustó uno de los lentes en su ojo mecánico, estudiando a Jack intensamente. "¿Y qué habilidades traes a mi barco? ¿Sabes pelear? ¿Matar?"

Jack tragó saliva con dificultad. "Puedo aprender a pelear. Conozco el mar. Puedo navegar, reparar velas, hacer nudos..."

"Navegante, ¿eh?", interrumpió Morgan. "El talento de tu padre". Señaló un mapa en su escritorio. "Muéstrame nuestra posición".

Jack se acercó con cautela. El mapa mostraba una costa que reconocía. Buscó puntos de referencia, calculando mentalmente.

"Aquí", dijo, señalando una pequeña bahía. "Cala de Blackwater. Y nos dirigimos..." Estudió las anotaciones en el mapa. "¿Sureste? ¿Hacia las Islas Serpiente?"

La expresión de Morgan no reveló nada. "No está mal. Pero la navegación por sí sola no te mantendrá vivo en este barco". Caminó alrededor del escritorio, rodeando a Jack como un depredador. "Este no es un barco mercante, muchacho. Tomamos lo que queremos. Luchamos. A veces matamos. ¿Estás preparado para eso?"

Jack sostuvo su mirada firmemente. "Haré lo que sea necesario".

Morgan rio de repente. "Palabras valientes. Veremos si las dices en serio". Regresó a su escritorio. "Muy bien. Te unirás como grumete por ahora. Demuestra que eres útil, y quizás ganes un lugar apropiado entre mi tripulación".

"Gracias, Capitán", dijo Jack, con alivio inundándolo.

"No me agradezcas todavía", respondió Morgan fríamente. "Esta vida que has elegido – puede terminar con un cuchillo en tu espalda o una soga alrededor de tu cuello. Ahora vete. Busca al Contramaestre Elías. Él te asignará tus deberes".

Afuera, Jack soltó un tembloroso suspiro. ¡Lo había logrado! Oficialmente era parte de la tripulación.

"¿Tú eres el nuevo chico?", llegó una voz áspera.

Jack se giró para ver a un hombre enorme con la cabeza rapada y brazos gruesos como troncos. A pesar de su intimidante tamaño, su rostro era sorprendentemente amable.

"Sí, señor", respondió Jack. "Estoy buscando al Contramaestre Elías".

El hombre grande se rio. "¿Señor? No soy oficial, muchacho. Me llamo Tom. Gran Tom, me llaman. Soy el cocinero". Señaló hacia el frente del barco. "Elías estará en el timón. Tipo delgado, no habla mucho. No puedes perdértelo".

"Gracias", dijo Jack.

"Un consejo", añadió Gran Tom. "Cuídate de la tripulación. No todos son amigables con los recién llegados. Y mantente alejado de Anne. Tiene un temperamento peor que un tiburón herido".

"¿Anne?", repitió Jack, confundido.

"Ya verás", dijo Tom enigmáticamente. "Ahora vete. Y pasa por la cocina más tarde si tienes hambre".

Jack se dirigió hacia el timón, navegando cuidadosamente entre marineros ocupados. Algunos lo ignoraban; otros le lanzaban miradas sospechosas. Se sentía dolorosamente fuera de lugar.

El hombre en el timón permanecía perfectamente quieto, sus manos descansando ligeramente sobre la rueda. Era alto y delgado, con cabello oscuro recogido en un apretado moño. Su piel era mucho más oscura que la de los otros marineros, sugiriendo orígenes lejanos a estas aguas del norte.

"Disculpe", dijo Jack. "¿Es usted el Contramaestre Elías? El capitán me envió a buscarlo".

El hombre se volvió lentamente, fijando en Jack sus intensos ojos oscuros. "Tú eres el nuevo", dijo. No era una pregunta. Su acento era extraño, sus palabras cuidadosamente escogidas. "El hijo de Henry Storm".

"Sí, señor. Jack Storm".

Elías lo estudió por un largo momento. "El mar te ha llamado, como llamó a tu padre".

Jack parpadeó sorprendido. "¿Conocía a mi padre?"

"Nuestros caminos se cruzaron", dijo Elías. "Era un buen hombre. Hábil. Respetuoso del poder del mar". Hizo un gesto a un joven marinero cercano. "Toma el timón".

Mientras el marinero lo reemplazaba en la rueda, Elías indicó a Jack que lo siguiera. "Dormirás con la tripulación. Trabajarás con la tripulación. Te ganarás tu lugar".

Lo llevó al castillo de proa donde las hamacas colgaban en apretadas filas. "Esta es tuya", dijo, señalando una hamaca vacía.

"Mantén tus pertenencias escasas. El espacio es precioso en un barco".

"¿Cuáles serán mis deberes?", preguntó Jack.

"Lo que se necesite", respondió Elías. "Esta noche, ayudarás a preparar la partida. Mañana, te enseñaré nuestras costumbres".

Antes de que Jack pudiera hacer más preguntas, un alboroto estalló en cubierta. Voces enojadas, luego el sonido distintivo de un puño golpeando carne.

Elías suspiró. "Ven. Tu primera lección comienza ahora".

Regresaron a la cubierta principal donde una multitud se había reunido alrededor de dos figuras enzarzadas en combate. Uno era un marinero corpulento con barba enmarañada. El otro, para asombro de Jack, era una joven mujer.

Tendría quizás veinte años, con cabello pelirrojo corto y ropa idéntica a la de los marineros masculinos. Se movía con sorprendente velocidad, agachándose bajo el salvaje golpe del hombre más grande y dando un fuerte golpe en sus costillas.

"¿Cómo me llamaste, Jenkins?", gruñó.

"Me oíste", escupió el marinero. "Las mujeres traen mala suerte en los barcos. Todo el mundo lo sabe".

"¿Es así?" Fingió hacia la izquierda, luego clavó su rodilla en su estómago. Mientras él se doblaba, bajó el codo sobre la parte posterior de su cuello, enviándolo a estrellarse contra la cubierta.

"¡Suficiente!", la voz de Elías cortó el ruido.

La joven se enderezó, su pecho agitándose por el esfuerzo. Había una mirada salvaje en sus ojos verdes, como un animal acorralado.

"Él empezó", dijo, limpiándose la sangre de su labio partido.

"No pregunté quién empezó", respondió Elías uniformemente. "El capitán Morgan espera disciplina en su barco".

El marinero caído fue ayudado a ponerse de pie por sus amigos, mirando a la mujer con odio.

"¿Quién es el chico?", preguntó la mujer, notando a Jack.

"Nuevo miembro de la tripulación", explicó Elías. "Jack Storm".

Ella lo miró de arriba abajo críticamente. "Es un poco joven, ¿no?"

Jack se erizó. "Tengo diecisiete años".

"Un niño", se burló.

"Esta es Anne", le dijo Elías a Jack. "Nuestra mejor exploradora y luchadora".

Anne hizo una reverencia burlona. "Encantada, seguro". Su tono dejaba claro que era todo lo contrario. "Solo mantente fuera de mi camino, chico".

Con eso, se abrió paso entre la multitud y desapareció bajo cubierta.

"Parece que no le caigo bien", observó Jack.

"Anne no aprecia a nadie", dijo Elías. "Tiene sus razones". Señaló al marinero caído, que estaba siendo ayudado a marcharse. "Recuerda esta lección. En este barco, el respeto se gana, no se da. Anne se ha ganado el suyo".

Durante las siguientes horas, Jack trabajó más duro que nunca antes. Ayudó a almacenar suministros, aprendió los nombres de las velas, memorizó comandos. A medianoche, cuando llegó la orden de levar anclas, estaba exhausto pero exaltado.

De pie en la barandilla, Jack observó cómo Blackwater se alejaba en la distancia. No había vuelta atrás ahora. Oficialmente era un pirata, navegando hacia la aventura – y el peligro.

Lo que Jack no sabía era que el capitán Morgan tenía planes más allá de la simple piratería. En su camarote, el capitán estudiaba un antiguo pergamino a la luz de una lámpara, trazando una ruta hacia una isla sin marcar. Y en los márgenes del mapa, apenas visibles, estaban los mismos extraños símbolos que el viejo marinero había descrito en su relato de la Marea Negra.

Chapter 3
The Map and the Curse

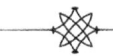

Three days at sea, and Jack's body ached in places he didn't know could ache. His hands were raw from rope burns, his skin reddened by sun and salt spray. But there was no time for rest on the *Crimson Shark*.

Jack had quickly learned the ship's rigid hierarchy. Captain Morgan ruled absolutely, his orders carried out without question. Below him was Quartermaster Elias, responsible for discipline and daily operations. Then came the officers – the boatswain who managed the sails and rigging, the gunner who oversaw the cannons, and others.

Anne, despite her youth and gender, held some special status that Jack couldn't quite determine. She answered directly to Morgan and often disappeared for hours on mysterious errands.

The regular sailors, nearly thirty in all, were a rough bunch. Most ignored Jack or treated him with mild contempt. A few, like Big Tom the cook, showed him small kindnesses.

"You're doing well," Tom told him one evening in the galley. "Better than most newcomers."

Jack smiled tiredly as he helped chop vegetables for the stew. "Doesn't feel like it. I make mistakes constantly."

"But you learn from them," Tom pointed out. "That's what matters at sea."

The big man glanced around furtively, then lowered his voice. "Have you heard the whispers about our mission?"

Jack shook his head. The captain had shared nothing about their destination or purpose.

"We're hunting a treasure," Tom whispered. "Not just any treasure. Something... special."

"How do you know?" Jack asked.

Tom tapped his nose. "Cook hears everything. Sailors talk freely around me." He leaned closer. "Three days ago, before you joined us, we captured a merchant ship. Small prize, hardly worth the powder for the cannons. But the captain found something aboard – a chest with strange markings."

Jack remembered the symbols the old sailor had mentioned in his tale of the *Black Tide*. "What kind of markings?"

"Don't know exactly. But that night, I heard Morgan and Elias arguing. Elias wanted to throw the chest overboard. Said it was bad luck."

That surprised Jack. Elias seemed too practical for superstition.

"What was in the chest?" Jack asked.

"A map, they say. To an island that doesn't appear on any chart." Tom made a sign against evil. "I don't like it, Jack. There are places in this world best left undisturbed."

Before Jack could question him further, the boatswain's whistle sounded, calling all hands on deck.

Outside, sailors were gathered in a loose circle. Captain Morgan stood at the center, a weathered chest at his feet. The wood was dark with age, bound with tarnished brass. Strange symbols were carved into its surface – curves and angles that seemed to shift when Jack looked directly at them.

"My loyal crew," Morgan announced, his mechanical eye gleaming in the afternoon sun. "For years, we have taken prizes along these shipping lanes. Good prizes, profitable prizes. But today..." He kicked the chest lightly. "Today, I offer you something greater."

He beckoned to Elias, who stepped forward with a large iron key. The lock opened with a reluctant groan, and Morgan reached inside.

What he withdrew was a map unlike any Jack had seen. It was drawn on what appeared to be leather rather than paper or parchment. The ink glistened wetly, as if freshly applied, though the map was clearly ancient.

"Behold," Morgan said, holding it aloft. "The route to the greatest treasure in these waters."

The crew murmured excitedly. Jack pushed forward slightly to see better.

The map showed a chain of islands, most recognizable from standard charts. But at the edge, almost off the leather entirely, was an island Jack had never seen on any map. It had a distinctive crescent shape, with a mountain at its center. Around it, the artist had drawn swirling currents and tiny skull symbols.

"The Lost Isle," Morgan continued. "Home to the treasure of the legendary *Black Tide*."

A hush fell over the crew. Jack felt a chill despite the warm air.

"The *Black Tide*?" someone whispered. "Captain, those are just stories."

"Stories often contain truth," Morgan replied sharply. "This map is real. The island is real. And if the island and map are real, why not the treasure?"

He traced the route with his finger. "We're already on course. Two weeks' sailing, if the winds favor us."

"What about the curse?" called a voice from the back.

Morgan's face darkened. "What curse, Jenkins? Speak up."

The sailor who had fought with Anne stepped forward nervously. "They say the *Black Tide* and her treasure are cursed. That all who seek it vanish."

"Superstitious nonsense," Morgan snapped. "Spread by cowards to keep brave men from fortune."

"It's not nonsense," came another voice. Anne pushed through the crowd, her expression grim. "The curse is real, Captain."

Morgan fixed her with a cold stare. "You question me before the crew, Anne? Dangerous ground."

"I speak only truth," she replied, unintimidated. "I've seen those symbols before." She pointed to the strange markings on the chest. "They're warnings."

"Warnings?" Morgan's tone was mocking. "And how would you know this?"

Anne hesitated, as if deciding how much to reveal. "I've studied such things. Those symbols speak of a darkness that consumes. A hunger that's never satisfied."

The crew shifted uneasily. Even Jack, who had dismissed the old sailor's tale as mere entertainment, felt a flutter of fear.

"Enough!" Morgan roared. "I am captain here. We sail for the Lost Isle and its treasure. Any man who disagrees is free to leave." His gaze swept the assembled sailors. "By swimming."

No one spoke. No one moved.

"Good," Morgan said, his voice softening. "Trust me, my friends. When we return from this voyage, you'll all be rich enough to live like kings."

He carefully returned the map to the chest. "Elias, secure this in my cabin. The rest of you, back to work!"

As the crew dispersed, Jack found himself next to Anne. Her face was tight with anger or fear – he couldn't tell which.

"You really believe in the curse?" he asked quietly.

Anne glanced at him, as if debating whether to answer. Finally, she said, "There are forces in this world beyond our understanding, boy. Things that should not be disturbed."

"Like what?"

"If I knew exactly, I'd be wiser than I am." She looked toward the horizon. "But I know danger when I see it. That map, those symbols... they reek of death."

"How do you know about the symbols?" Jack pressed.

Anne's green eyes narrowed. "You ask too many questions."

"I want to understand."

She studied him for a moment. "Meet me on the forward deck tonight, after the second watch. Come alone."

Before Jack could respond, she walked away.

That night, as most of the crew slept, Jack made his way to the appointed meeting place. The moon was nearly full, casting silver light across the gentle waves. The ship creaked softly as it cut through the water.

Anne was already there, a dark silhouette against the starry sky. She didn't acknowledge Jack as he approached, her gaze fixed on the distant horizon.

"My father was a scholar," she said finally. "A collector of rare books and artifacts. He was fascinated by maritime legends, especially those involving lost ships."

Jack remained silent, afraid that any interruption might cause her to stop.

"One of his books contained accounts of the *Black Tide*," she continued. "Not just sailors' tales, but detailed descriptions, firsthand accounts. And drawings of those same symbols we saw today."

"What do they mean?" Jack asked softly.

"They're not just warnings. They're a language – ancient, predating our oldest civilizations. My father spent years trying to decipher them." She turned to face Jack. "He believed they described a doorway."

"A doorway? To where?"

"To somewhere else. Somewhere not of this world." Anne's voice had dropped to a whisper. "The treasure the *Black Tide* carried wasn't gold or jewels. It was knowledge. A way to open that doorway."

Jack shivered despite himself. "Why would anyone want to open such a doorway?"

"Power. The promise of secrets beyond human understanding." Anne looked back to the sea. "But whatever came through that doorway consumed the *Black Tide* and her crew. Transformed them into something... not human."

"And you think Captain Morgan is leading us to this doorway?" Jack asked.

"I don't know what he seeks. But I know he doesn't believe in the danger. He sees only the promise of treasure." She gripped the railing tightly. "My father went looking for the *Black Tide* five years ago. He never returned."

Suddenly, Anne's hostility made sense. She had joined the *Crimson Shark* to find answers about her father's disappearance.

"I'm sorry," Jack said. "My father was lost at sea too."

Anne's expression softened slightly. "Then you understand. The sea takes. That's what it does."

"But why tell me this?" Jack asked. "Why trust me with your secret?"

"Because you're Henry Storm's son," she replied. "My father spoke of yours – said he was one of the few sailors who respected the old legends. And because I need an ally." Her green eyes locked with his. "Something's coming, Jack. Something terrible. And we need to be ready."

"Ready for what?"

But Anne shook her head. "Just watch. Listen. And be careful who you trust."

With that cryptic warning, she left him alone under the stars, his mind filled with dark possibilities.

In the captain's cabin, Morgan studied the strange map by lamplight, tracing the route to the Lost Isle with growing excitement. Behind him, shadows seemed to gather and shift, though no object cast them. And if he'd looked very carefully at the leather map, he might have noticed that the ink was not ink at all, but something darker and thicker.

Something like blood.

Capítulo 3
El Mapa y la Maldición

Tres días en el mar, y el cuerpo de Jack dolía en lugares que no sabía que podían doler. Sus manos estaban en carne viva por las quemaduras de las cuerdas, su piel enrojecida por el sol y la espuma salada. Pero no había tiempo para descansar en el Tiburón Carmesí.

Jack había aprendido rápidamente la rígida jerarquía del barco. El capitán Morgan gobernaba de forma absoluta, sus órdenes se cumplían sin cuestionamiento. Por debajo de él estaba el Contramaestre Elías, responsable de la disciplina y las operaciones diarias. Luego venían los oficiales – el contramaestre que manejaba las velas y el aparejo, el artillero que supervisaba los cañones, y otros.

Anne, a pesar de su juventud y género, tenía algún estatus especial que Jack no podía determinar con exactitud. Respondía directamente a Morgan y a menudo desaparecía durante horas en misteriosos encargos.

Los marineros regulares, casi treinta en total, eran un grupo áspero. La mayoría ignoraba a Jack o lo trataba con leve desprecio. Unos pocos, como el Gran Tom, el cocinero, le mostraban pequeñas bondades.

"Lo estás haciendo bien", le dijo Tom una noche en la cocina. "Mejor que la mayoría de los recién llegados".

Jack sonrió cansadamente mientras ayudaba a cortar verduras para el guiso. "No lo parece. Cometo errores constantemente".

"Pero aprendes de ellos", señaló Tom. "Eso es lo que importa en el mar".

El hombre grande miró furtivamente alrededor, luego bajó la voz. "¿Has oído los susurros sobre nuestra misión?"

Jack negó con la cabeza. El capitán no había compartido nada sobre su destino o propósito.

"Estamos cazando un tesoro", susurró Tom. "No cualquier tesoro. Algo... especial".

"¿Cómo lo sabes?", preguntó Jack.

Tom se tocó la nariz. "El cocinero lo oye todo. Los marineros hablan libremente a mi alrededor". Se inclinó más cerca. "Hace tres días, antes de que te unieras a nosotros, capturamos un barco mercante. Un pequeño premio, apenas valía la pólvora para los cañones. Pero el capitán encontró algo a bordo – un cofre con extrañas marcas".

Jack recordó los símbolos que el viejo marinero había mencionado en su relato de la Marea Negra. "¿Qué tipo de marcas?"

"No sé exactamente. Pero esa noche, escuché discutir a Morgan y Elías. Elías quería arrojar el cofre por la borda. Dijo que traía mala suerte".

Eso sorprendió a Jack. Elías parecía demasiado práctico para supersticiones.

"¿Qué había en el cofre?", preguntó Jack.

"Un mapa, dicen. Hacia una isla que no aparece en ninguna carta". Tom hizo un gesto contra el mal. "No me gusta, Jack. Hay lugares en este mundo que es mejor dejar en paz".

Antes de que Jack pudiera interrogarlo más, sonó el silbato del contramaestre, llamando a todos a cubierta.

Afuera, los marineros estaban reunidos en un círculo suelto. El capitán Morgan estaba en el centro, con un cofre desgastado a sus pies. La madera estaba oscurecida por el tiempo, con adornos de latón oxidado. Extraños símbolos estaban tallados en su superficie – curvas y ángulos que parecían cambiar cuando Jack los miraba directamente.

"Mi leal tripulación", anunció Morgan, su ojo mecánico brillando bajo el sol de la tarde. "Durante años, hemos capturado premios a lo largo de estas rutas marítimas. Buenos premios, premios rentables. Pero hoy..." Pateó ligeramente el cofre. "Hoy, les ofrezco algo mayor".

Hizo un gesto a Elías, quien dio un paso adelante con una gran llave de hierro. La cerradura se abrió con un gemido reluctante, y Morgan metió la mano dentro.

Lo que sacó era un mapa diferente a cualquiera que Jack hubiera visto. Estaba dibujado en lo que parecía ser cuero en vez de papel o pergamino. La tinta brillaba húmedamente, como si acabara de ser aplicada, aunque el mapa era claramente antiguo.

"Contemplen", dijo Morgan, sosteniéndolo en alto. "La ruta hacia el mayor tesoro en estas aguas".

La tripulación murmuró excitadamente. Jack se adelantó ligeramente para ver mejor.

El mapa mostraba una cadena de islas, la mayoría reconocibles de cartas estándar. Pero en el borde, casi fuera del cuero por completo, había una isla que Jack nunca había visto en ningún mapa. Tenía una distintiva forma de media luna, con una montaña en su centro. A su alrededor, el artista había dibujado corrientes arremolinadas y pequeños símbolos de calaveras.

"La Isla Perdida", continuó Morgan. "Hogar del tesoro de la legendaria Marea Negra".

Un silencio cayó sobre la tripulación. Jack sintió un escalofrío a pesar del aire cálido.

"¿La Marea Negra?", susurró alguien. "Capitán, esas son solo historias".

"Las historias a menudo contienen verdad", respondió Morgan agudamente. "Este mapa es real. La isla es real. Y si la isla y el mapa son reales, ¿por qué no el tesoro?"

Trazó la ruta con su dedo. "Ya estamos en curso. Dos semanas de navegación, si los vientos nos favorecen".

"¿Qué hay de la maldición?", gritó una voz desde atrás.

El rostro de Morgan se oscureció. "¿Qué maldición, Jenkins? Habla claro".

El marinero que había peleado con Anne dio un paso adelante nerviosamente. "Dicen que la Marea Negra y su tesoro están malditos. Que todos los que lo buscan desaparecen".

"Tonterías supersticiosas", espetó Morgan. "Difundidas por cobardes para mantener a los hombres valientes lejos de la fortuna".

"No son tonterías", llegó otra voz. Anne se abrió paso entre la multitud, su expresión sombría. "La maldición es real, Capitán".

Morgan le dirigió una mirada fría. "¿Me cuestionas frente a la tripulación, Anne? Terreno peligroso".

"Solo digo la verdad", respondió ella, sin intimidarse. "He visto esos símbolos antes". Señaló las extrañas marcas en el cofre. "Son advertencias".

"¿Advertencias?", el tono de Morgan era burlón. "¿Y cómo sabrías esto?"

Anne dudó, como si decidiera cuánto revelar. "He estudiado tales cosas. Esos símbolos hablan de una oscuridad que consume. Un hambre que nunca se satisface".

La tripulación se movió intranquila. Incluso Jack, que había descartado el relato del viejo marinero como mero entretenimiento, sintió un aleteo de miedo.

"¡Suficiente!", rugió Morgan. "Yo soy el capitán aquí. Navegamos hacia la Isla Perdida y su tesoro. Cualquier hombre que no esté de acuerdo es libre de irse". Su mirada recorrió a los marineros reunidos. "Nadando".

Nadie habló. Nadie se movió.

"Bien", dijo Morgan, suavizando su voz. "Confíen en mí, amigos míos. Cuando regresemos de este viaje, todos serán lo suficientemente ricos para vivir como reyes".

Cuidadosamente devolvió el mapa al cofre. "Elías, asegura esto en mi camarote. ¡El resto, vuelvan al trabajo!"

Mientras la tripulación se dispersaba, Jack se encontró junto a Anne. Su rostro estaba tenso de ira o miedo – no podía decir cuál.

"¿Realmente crees en la maldición?", preguntó en voz baja.

Anne lo miró, como debatiendo si responder. Finalmente, dijo: "Hay fuerzas en este mundo más allá de nuestra comprensión, chico. Cosas que no deberían ser perturbadas".

"¿Como qué?"

"Si lo supiera exactamente, sería más sabia de lo que soy". Miró hacia el horizonte. "Pero reconozco el peligro cuando lo veo. Ese mapa, esos símbolos... apestan a muerte".

"¿Cómo sabes sobre los símbolos?", presionó Jack.

Los ojos verdes de Anne se estrecharon. "Haces demasiadas preguntas".

"Quiero entender".

Ella lo estudió por un momento. "Encuéntrame en la cubierta de proa esta noche, después del segundo turno. Ven solo".

Antes de que Jack pudiera responder, ella se alejó.

Esa noche, mientras la mayoría de la tripulación dormía, Jack se dirigió al lugar de encuentro acordado. La luna estaba casi llena, proyectando luz plateada sobre las suaves olas. El barco crujía suavemente mientras cortaba el agua.

Anne ya estaba allí, una oscura silueta contra el cielo estrellado. No reconoció a Jack cuando se acercó, su mirada fija en el horizonte distante.

"Mi padre era un erudito", dijo finalmente. "Un coleccionista de libros y artefactos raros. Estaba fascinado por las leyendas marítimas, especialmente las que involucraban barcos perdidos".

Jack permaneció en silencio, temiendo que cualquier interrupción pudiera hacer que ella se detuviera.

"Uno de sus libros contenía relatos de la Marea Negra", continuó. "No solo cuentos de marineros, sino descripciones detalladas, testimonios de primera mano. Y dibujos de esos mismos símbolos que vimos hoy".

"¿Qué significan?", preguntó Jack suavemente.

"No son solo advertencias. Son un lenguaje – antiguo, anterior a nuestras civilizaciones más antiguas. Mi padre pasó años tratando de descifrarlos". Se volvió para mirar a Jack. "Él creía que describían una puerta".

"¿Una puerta? ¿Hacia dónde?"

"Hacia algún otro lugar. Algún lugar que no es de este mundo". La voz de Anne había bajado a un susurro. "El tesoro que la Marea Negra llevaba no era oro ni joyas. Era conocimiento. Una forma de abrir esa puerta".

Jack se estremeció a pesar de sí mismo. "¿Por qué alguien querría abrir tal puerta?"

"Poder. La promesa de secretos más allá de la comprensión humana". Anne volvió a mirar al mar. "Pero lo que sea que cruzó esa puerta consumió a la Marea Negra y su tripulación. Los transformó en algo... no humano".

"¿Y crees que el capitán Morgan nos está llevando a esta puerta?", preguntó Jack.

"No sé qué busca. Pero sé que no cree en el peligro. Solo ve la promesa del tesoro". Agarró la barandilla con fuerza. "Mi padre fue en busca de la Marea Negra hace cinco años. Nunca regresó".

De repente, la hostilidad de Anne tenía sentido. Se había unido al Tiburón Carmesí para encontrar respuestas sobre la desaparición de su padre.

"Lo siento", dijo Jack. "Mi padre también se perdió en el mar".

La expresión de Anne se suavizó ligeramente. "Entonces entiendes. El mar toma. Eso es lo que hace".

"¿Pero por qué contarme esto?", preguntó Jack. "¿Por qué confiarme tu secreto?"

"Porque eres el hijo de Henry Storm", respondió. "Mi padre hablaba del tuyo – decía que era uno de los pocos marineros que respetaba las viejas leyendas. Y porque necesito un aliado". Sus ojos verdes se fijaron en los suyos. "Algo se acerca, Jack. Algo terrible. Y necesitamos estar preparados".

"¿Preparados para qué?"

Pero Anne sacudió la cabeza. "Solo observa. Escucha. Y ten cuidado en quién confías".

Con esa críptica advertencia, lo dejó solo bajo las estrellas, su mente llena de oscuras posibilidades.

En el camarote del capitán, Morgan estudiaba el extraño mapa a la luz de una lámpara, trazando la ruta hacia la Isla Perdida con creciente emoción. Detrás de él, las sombras parecían reunirse y moverse, aunque ningún objeto las proyectaba. Y si hubiera mirado muy cuidadosamente el mapa de cuero, podría haber notado que la tinta no era tinta en absoluto, sino algo más oscuro y espeso.

Algo como sangre.

Chapter 4
Storm and Shadows

A week passed without incident. Jack fell into the rhythm of life aboard the *Crimson Shark* – the watches, the meals, the endless maintenance that kept the ship seaworthy. His muscles hardened, his skin darkened under the relentless sun, and he began to earn grudging respect from some of the crew.

Elias proved to be a patient teacher, showing Jack the intricacies of navigation. "Your father had a gift for reading the stars," the quartermaster told him. "Perhaps you share it."

Jack treasured these quiet moments at the navigation table, learning to use sextants and compasses, studying currents and wind patterns. It connected him to his father in ways that felt almost mystical.

Anne kept her distance after their midnight conversation, though Jack occasionally caught her watching him with an unreadable expression. She spent much of her time alone, often standing at the bow, staring out at the endless horizon as if searching for something.

Captain Morgan rarely appeared on deck, emerging from his cabin only to check their progress or issue new orders. His obsession with the strange map was evident to all.

"He doesn't sleep," Big Tom confided to Jack. "Just studies that cursed thing day and night."

The calm seas and favorable winds seemed too good to be true. Even the most experienced sailors commented on their luck.

"Never seen such perfect sailing," one old pirate remarked. "It's as if the sea itself is pushing us forward."

But on the eighth day, everything changed.

Jack woke to an eerie stillness. The constant creaking of the ship had stopped. The air felt heavy, charged with electricity. When he went on deck, he found the crew staring at the horizon.

The sky to the southwest had turned an unnatural greenish-black. The clouds didn't move like normal storm clouds; they seemed to pulse and spiral, like water circling a drain. The sea beneath them was mirror-smooth, reflecting the twisted shapes above.

"What is that?" Jack asked no one in particular.

"Death," whispered a sailor beside him. "That's what death looks like when it comes for men at sea."

Captain Morgan emerged from his cabin, his face alight with an almost feverish excitement. "Magnificent," he breathed, studying the strange storm through his mechanical eye. "Precisely as described in the accounts."

"Captain," Elias said urgently. "We should change course. That storm... it's not natural."

"Of course it's not natural," Morgan replied, still staring at the distant clouds. "It's a sign. We're on the right path."

"A sign of what?" Jack asked before he could stop himself.

Morgan turned to him, smiling thinly. "A guardian, boy. A test for those who seek the treasure."

"Sir," the boatswain interrupted. "The wind has died completely. We're becalmed."

"Not for long," Morgan said confidently. "Prepare the ship for heavy weather. Secure everything that might break loose. Double-check the cannon lashings."

The crew scrambled to obey, fear lending speed to their movements. Jack helped where he could, tying down barrels, helping furl the smaller sails. All the while, the strange storm crept closer.

By midday, the sun had vanished behind the advancing wall of clouds. The air grew cold. The sea, still unnaturally calm, had darkened to the color of iron.

"It's wrong," Anne murmured, appearing at Jack's side. "Everything about this is wrong."

Before Jack could reply, a sound cut through the silence – a long, mournful wail, like a woman crying. Everyone froze.

"What was that?" Jack whispered.

"Nothing human," Anne replied grimly.

The cry came again, closer now. Several sailors made signs against evil.

"Everyone below deck!" Morgan ordered suddenly. "Except the essential crew. Secure yourselves. This will be... difficult."

As if triggered by his words, the wind arrived – not a gradual building, but an instant howling gale that slammed into the ship like a physical blow. The *Crimson Shark* heeled sharply, sending men tumbling across the deck.

"Jack!" Elias shouted over the wind. "Help me with the helm!"

Jack fought his way to the quarterdeck, the wind tearing at his clothes, spray stinging his eyes. Elias struggled with the wheel, which bucked and spun in his grip.

Together, they managed to steady it, pointing the bow into the oncoming waves. The ship climbed the first massive swell, teetered at its peak, then plunged down the other side. Water crashed over the bow, sweeping across the deck.

"This is no ordinary storm!" Elias shouted in Jack's ear. "Look!"

Following Elias's pointing finger, Jack saw something impossible. Within the black clouds, shapes moved – vast, shadowy forms that seemed to reach toward the ship with elongated limbs. The wind carried whispers, voices calling names that no living sailor should know.

"What are those things?" Jack shouted, his knuckles white on the wheel.

"The guardians," Elias replied, his face grim with determination. "We must hold course!"

The sea rose in mountains around them, each wave threatening to swallow the Crimson Shark whole. Lightning split the sky, not in natural jagged bolts but in perfect circles that pulsed with sickly green light.

Jack caught sight of Anne lashing herself to the mainmast, her red hair plastered to her skull, face set in defiance. Their eyes met briefly across the chaos, and she gave him a single nod – a gesture of solidarity, perhaps, or farewell.

Then came a sound that froze the blood in Jack's veins – a low, mournful horn that seemed to rise from the depths of the ocean itself. The ship shuddered as if struck by an invisible hand.

"There!" cried a sailor, pointing to the starboard side.

Through sheets of rain and spray, Jack glimpsed a dark silhouette in the distance. A ship, impossibly large, with sails black as midnight. It rode the mountainous waves effortlessly, moving against the wind.

"The Black Tide," Elias whispered, his voice tinged with fear and awe.

But before Jack could be certain of what he'd seen, another wave crashed over them. The wheel spun violently, throwing both him and Elias to the deck. Cold water filled Jack's mouth, salt burning his eyes. For one terrifying moment, he thought he would be swept overboard.

A strong hand grabbed his collar, hauling him upright. Captain Morgan stood there, rain streaming down his face, his mechanical eye glowing eerily in the gloom.

"Hold on, boy!" he shouted. "This is just the beginning!"

For hours, they battled the unnatural storm. Men were tossed about like rag dolls, rigging snapped, and sails tore free. Yet somehow, the Crimson Shark endured.

And then, as suddenly as it had begun, the storm ceased. Not gradually, but in an instant – as if a door had been closed on it. The wind died. The waves flattened. The black clouds dispersed, revealing a clear night sky studded with stars.

An eerie silence fell over the battered ship.

"We've passed the test," Morgan announced, his voice carrying in the stillness. "The way is open."

Jack, exhausted and bruised, looked around at the damage. Miraculously, no one had been lost, though many were injured. The ship itself had suffered, but remained seaworthy.

"Captain," the boatswain called, his voice strained. "The compass..."

Jack turned to see the man holding the ship's compass. The needle spun wildly, around and around, never settling.

"As expected," Morgan said, with disturbing calmness. "We're beyond the reach of natural laws now." He pointed to the stars. "Elias will guide us by those. The old ways."

As the crew set about repairing what they could, Jack made his way to Anne, who was binding a cut on her arm.

"You saw it, didn't you?" she asked quietly. "The ship."

Jack nodded, his throat dry. "The Black Tide. It was watching us."

"Not watching," Anne corrected. "Waiting."

Capítulo 4
Tormenta y Sombras

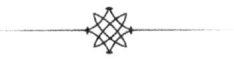

Una semana pasó sin incidentes. Jack cayó en el ritmo de la vida a bordo del Tiburón Carmesí – las guardias, las comidas, el mantenimiento interminable que mantenía el barco en condiciones marineras. Sus músculos se endurecieron, su piel se oscureció bajo el sol implacable, y comenzó a ganarse el respeto reacio de algunos miembros de la tripulación.

Elías demostró ser un maestro paciente, mostrando a Jack las complejidades de la navegación. "Tu padre tenía un don para leer las estrellas", le dijo el contramaestre. "Quizás lo compartas".

Jack atesoraba estos momentos tranquilos en la mesa de navegación, aprendiendo a usar sextantes y brújulas, estudiando corrientes y patrones de viento. Lo conectaba con su padre de maneras que se sentían casi místicas.

Anne mantuvo su distancia después de su conversación de medianoche, aunque Jack ocasionalmente la sorprendía observándolo con una expresión indescifrable. Ella pasaba gran parte de su tiempo sola, a menudo de pie en la proa, mirando hacia el horizonte sin fin como si buscara algo.

El capitán Morgan rara vez aparecía en cubierta, emergiendo de su camarote solo para verificar su progreso o emitir nuevas órdenes. Su obsesión con el extraño mapa era evidente para todos.

"No duerme", le confió Gran Tom a Jack. "Solo estudia esa cosa maldita día y noche".

Los mares tranquilos y vientos favorables parecían demasiado buenos para ser verdad. Incluso los marineros más experimentados comentaban sobre su suerte.

"Nunca he visto una navegación tan perfecta", comentó un viejo pirata. "Es como si el mar mismo nos empujara hacia adelante".

Pero al octavo día, todo cambió.

Jack despertó con una quietud inquietante. El crujido constante del barco había cesado. El aire se sentía pesado, cargado de electricidad. Cuando subió a cubierta, encontró a la tripulación mirando al horizonte.

El cielo hacia el suroeste se había vuelto de un negro verdoso antinatural. Las nubes no se movían como nubes de tormenta normales; parecían pulsar y girar en espiral, como agua circulando por un desagüe. El mar debajo de ellas estaba liso como un espejo, reflejando las formas retorcidas de arriba.

"¿Qué es eso?", preguntó Jack a nadie en particular.

"La muerte", susurró un marinero a su lado. "Así es como se ve la muerte cuando viene por los hombres en el mar".

El capitán Morgan emergió de su camarote, su rostro iluminado con una emoción casi febril. "Magnífico", respiró, estudiando la extraña tormenta a través de su ojo mecánico. "Precisamente como se describe en los relatos".

"Capitán", dijo Elías con urgencia. "Deberíamos cambiar el rumbo. Esa tormenta... no es natural".

"Por supuesto que no es natural", respondió Morgan, todavía mirando las nubes distantes. "Es una señal. Estamos en el camino correcto".

"¿Una señal de qué?", preguntó Jack antes de poder contenerse.

Morgan se volvió hacia él, sonriendo tenuemente. "Un guardián, muchacho. Una prueba para aquellos que buscan el tesoro".

"Señor", interrumpió el contramaestre. "El viento ha muerto por completo. Estamos encalmados".

"No por mucho tiempo", dijo Morgan con confianza. "Preparen el barco para mal tiempo. Aseguren todo lo que pueda soltarse. Revisen doblemente las amarras de los cañones".

La tripulación se apresuró a obedecer, el miedo dando velocidad a sus movimientos. Jack ayudó donde pudo, atando barriles, ayudando a recoger las velas más pequeñas. Todo el tiempo, la extraña tormenta se acercaba sigilosamente.

Al mediodía, el sol había desaparecido detrás del avanzado muro de nubes. El aire se volvió frío. El mar, todavía anormalmente tranquilo, se había oscurecido al color del hierro.

"Está mal", murmuró Anne, apareciendo al lado de Jack. "Todo sobre esto está mal".

Antes de que Jack pudiera responder, un sonido cortó el silencio – un largo y melancólico gemido, como una mujer llorando. Todos se quedaron inmóviles.

"¿Qué fue eso?", susurró Jack.

"Nada humano", respondió Anne sombríamente.

El grito vino de nuevo, más cerca ahora. Varios marineros hicieron gestos contra el mal.

"¡Todos bajo cubierta!", ordenó Morgan repentinamente. "Excepto la tripulación esencial. Asegúrense. Esto será... difícil".

Como si fueran desencadenadas por sus palabras, el viento llegó – no una construcción gradual, sino un vendaval aullante instantáneo que golpeó el barco como un golpe físico. El Tiburón Carmesí se escoró bruscamente, enviando a los hombres rodando por la cubierta.

"¡Jack!", gritó Elías sobre el viento. "¡Ayúdame con el timón!"

Jack luchó por llegar al alcázar, el viento rasgando su ropa, la espuma picando sus ojos. Elías luchaba con la rueda, que se sacudía y giraba en su agarre.

Juntos, lograron estabilizarla, apuntando la proa hacia las olas que se aproximaban. El barco subió la primera enorme ola, se tambaleó en su pico, luego se zambulló por el otro lado. El agua se estrelló sobre la proa, barriendo la cubierta.

"¡Esta no es una tormenta ordinaria!", gritó Elías al oído de Jack. "¡Mira!"

Siguiendo el dedo de Elías, Jack vio algo imposible. Dentro de las nubes negras, formas se movían – vastas figuras sombrías que parecían alcanzar el barco con miembros alargados. El viento transportaba susurros, voces que llamaban nombres que ningún marinero vivo debería conocer.

"¿Qué son esas cosas?", gritó Jack, sus nudillos blancos en la rueda.

"Los guardianes", respondió Elías, su rostro sombrío con determinación. "¡Debemos mantener el rumbo!"

El mar se elevaba en montañas a su alrededor, cada ola amenazando con tragar al Tiburón Carmesí por completo. Los relámpagos partían el cielo, no en rayos naturales dentados sino en círculos perfectos que pulsaban con una luz verde enfermiza.

Jack vislumbró a Anne atándose al palo mayor, su cabello rojo pegado al cráneo, el rostro fijado en desafío. Sus ojos se encontraron brevemente a través del caos, y ella le dio un único asentimiento – un gesto de solidaridad, quizás, o de despedida.

Entonces llegó un sonido que congeló la sangre en las venas de Jack – un cuerno bajo y melancólico que parecía surgir de las profundidades del océano mismo. El barco se estremeció como si fuera golpeado por una mano invisible.

"¡Allí!", gritó un marinero, señalando hacia estribor.

A través de sábanas de lluvia y espuma, Jack vislumbró una silueta oscura en la distancia. Un barco, imposiblemente grande, con velas negras como la medianoche. Cabalgaba las olas montañosas sin esfuerzo, moviéndose contra el viento.

"La Marea Negra", susurró Elías, su voz teñida de miedo y asombro.

Pero antes de que Jack pudiera estar seguro de lo que había visto, otra ola se estrelló sobre ellos. La rueda giró violentamente, arrojándolos a él y a Elías a la cubierta. Agua fría llenó la boca de Jack, la sal quemando sus ojos. Por un momento aterrador, pensó que sería arrastrado por la borda.

Una mano fuerte agarró su cuello, levantándolo. El capitán Morgan estaba allí, la lluvia corriendo por su rostro, su ojo mecánico brillando siniestramente en la penumbra.

"¡Aguanta, muchacho!", gritó. "¡Esto es solo el comienzo!"

Durante horas, batallaron contra la tormenta antinatural. Los hombres eran lanzados como muñecos de trapo, el aparejo se rompía, y las velas se desgarraban. Sin embargo, de alguna manera, el Tiburón Carmesí resistió.

Y entonces, tan repentinamente como había comenzado, la tormenta cesó. No gradualmente, sino en un instante – como si una puerta se hubiera cerrado sobre ella. El viento murió. Las olas se aplanaron. Las nubes negras se dispersaron, revelando un cielo nocturno claro tachonado de estrellas.

Un inquietante silencio cayó sobre el maltratado barco.

"Hemos pasado la prueba", anunció Morgan, su voz llevándose en la quietud. "El camino está abierto".

Jack, exhausto y magullado, miró alrededor a los daños. Milagrosamente, nadie se había perdido, aunque muchos estaban heridos. El barco mismo había sufrido, pero seguía siendo navegable.

"Capitán", llamó el contramaestre, su voz tensa. "La brújula..."

Jack se volvió para ver al hombre sosteniendo la brújula del barco. La aguja giraba salvajemente, una y otra vez, sin asentarse nunca.

"Como era de esperar", dijo Morgan, con inquietante calma. "Estamos más allá del alcance de las leyes naturales ahora". Señaló las estrellas. "Elías nos guiará por esas. Las viejas formas".

Mientras la tripulación se dedicaba a reparar lo que podían, Jack se dirigió hacia Anne, quien estaba vendando un corte en su brazo.

"Lo viste, ¿verdad?", preguntó ella en voz baja. "El barco".

Jack asintió, su garganta seca. "La Marea Negra. Nos estaba observando".

"No observando", corrigió Anne. "Esperando".

Chapter 5
The Island of Lost Souls

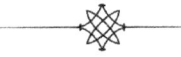

Dawn revealed a ghostly seascape. Thick tendrils of fog curled across the water, limiting visibility to mere yards. The Crimson Shark moved cautiously through this supernatural mist, the only sounds the creak of wood and the gentle lapping of waves against the hull.

After the violence of the previous night, the calm was almost more unnerving.

"Land ahead!" called the lookout, his voice muffled by the fog.

The crew gathered at the railings, straining to see. Slowly, a dark shape emerged from the whiteness – an island, its shores rocky and forbidding, its center rising to a steep mountain shrouded in mist.

"The Lost Isle," Morgan announced, a feverish gleam in his natural eye. "Just as the map foretold."

They anchored in a sheltered cove, its black sand beach curving like a crescent moon. The fog clung to the shoreline, reluctant to reveal the island's secrets.

Jack joined the landing party – Morgan, Elias, Anne, Big Tom, and six other pirates, all armed to the teeth. They rowed to shore in tense silence, the only sound the dip and pull of oars through unnaturally still water.

As Jack's boots crunched on the volcanic sand, a profound wrongness settled over him. The island was silent – completely silent. No birds called, no insects buzzed, no wind rustled through the dense jungle that began where the beach ended.

"It's like the island is holding its breath," Big Tom whispered, clutching his cutlass nervously.

Morgan consulted the strange map, then pointed toward a narrow trail leading into the trees. "This way."

The jungle closed around them like a tomb. Massive trees with twisted trunks crowded together, their canopies blocking most of the daylight. Vines hung like forgotten ropes. The air was hot and heavy, yet strangely dry, as if the moisture had been deliberately removed.

Jack noticed that no one spoke above a whisper, as if louder voices might wake something best left sleeping.

After an hour's careful progress, they emerged into a small clearing. At its center lay the remains of a campsite – a fire pit, now cold; tattered canvas that might once have been tents; scattered supplies, rusted and rotting.

"Someone was here before us," Jack observed.

"Many have sought the treasure," Elias said softly. "None have claimed it."

Morgan kicked at the abandoned supplies. "Cowards, likely. Frightened away by shadows and superstition."

Anne knelt to examine something half-buried in the dirt – a small book, its pages warped by humidity. She carefully opened it, revealing handwritten text.

"A journal," she said. "Dated three years ago."

Morgan snatched it from her hands, flipping through the pages. "The expedition of the Venture," he read aloud. "Captain James Harrow." He snorted. "A merchant captain playing at treasure hunter."

"What happened to them?" Jack asked.

Morgan skimmed the journal. "Nonsense about voices in the night... crew members seeing impossible things... ah, here. They found a stone path leading up the mountain." He snapped the book shut. "They were close, but lost their nerve."

As they searched the clearing for anything useful, Jack noticed strange markings carved into a large rock. He brushed away vines to reveal a crude but clear warning: "Turn back before the tide takes you."

"Captain," he called. "You should see this."

Morgan examined the carving with his mechanical eye, adjusting the lenses thoughtfully. "Interesting. Not very old, perhaps carved by Harrow's crew." He straightened. "But we're not turning back. The treasure awaits."

They continued their journey, following the stone path mentioned in the journal. It wound upward, toward the mist-shrouded mountain.

The day wore on, and the jungle grew stranger. Trees gave way to rock formations that seemed almost sculpted, with smooth curves and sharp angles that nature alone could not explain. The stone path beneath their feet showed similar craftsmanship – fitted blocks without mortar, yet perfectly aligned despite centuries of exposure.

"Who built this place?" Jack wondered aloud.

"No one knows," Elias replied. "The island appears on no charts, is mentioned in no histories."

"Perhaps the same people who built the Black Tide," Anne suggested.

One of the pirates, a man named Rodriguez, suddenly stopped walking. "Did you hear that?" he whispered.

Everyone froze, listening. Jack heard nothing but the pounding of his own heart.

"There's nothing—" Morgan began.

"There!" Rodriguez insisted. "A voice... calling my name."

The other pirates exchanged uneasy glances. No one else had heard anything.

"Your imagination, nothing more," Morgan said dismissively. "Keep moving."

Rodriguez hesitated, then reluctantly followed. But Jack noticed the man continually glancing over his shoulder, his face pale with fear.

As dusk approached, they made camp in a small depression surrounded by those unnaturally smooth rocks. No one suggested lighting a fire – though none could say exactly why.

Jack found himself on first watch with Anne. They sat side by side, peering into the gathering darkness.

"Do you believe in ghosts?" Jack asked quietly.

Anne considered the question. "I believe there are forces beyond our understanding," she finally replied. "Things that exist in the spaces between what we know." She glanced at him. "Your father was lost at sea. Do you ever feel his presence?"

Jack thought of the dreams that had haunted him since childhood – of standing at the helm of a great ship, feeling a guiding hand on his shoulder. "Sometimes," he admitted.

"The sea keeps its dead close," Anne murmured. "But this island... it feels different. Not like a haunting. More like a hunger."

A sudden shout shattered the quiet.

"Rodriguez is gone!" one of the pirates called, panic in his voice.

They searched the immediate area, calling Rodriguez's name. But the jungle swallowed their voices, returning only silence.

"He must have wandered off," Morgan said, though his confidence seemed forced. "We'll find him at first light."

None slept well that night. Jack's dreams were troubled by shadowy figures that watched from just beyond the edge of vision, and whispers too faint to understand.

Morning brought no comfort. The mist had thickened, reducing visibility even further. And Rodriguez was still missing.

"We continue," Morgan ordered, brooking no argument. "The treasure is our priority."

They followed the stone path higher up the mountain. The vegetation thinned, giving way to barren rock and strange, twisted sculptures that might once have been trees, now petrified into grotesque forms.

A shout from one of the scouts sent them running. Beyond a ridge, they found what they had been dreading – Rodriguez's body, sprawled on the stone path.

His skin was deathly pale, his eyes wide open in an expression of absolute terror. But most disturbing was the complete absence of blood – not a wound, not a bruise, yet he was as bloodless as if he had been drained dry.

"What happened to him?" Jack whispered, bile rising in his throat.

Elias knelt beside the body, his dark eyes troubled. "His life was taken. Not by blade or bullet."

"Is he... frozen?" Big Tom asked, noticing the strange rigidity of the corpse.

Indeed, Rodriguez's skin was cold to the touch, though the air around them was stifling hot.

"Captain," Elias said gravely, "we should leave this place. Whatever is here, it is not natural. Not safe."

But Morgan's expression had hardened. "We are close," he insisted, tapping the map. "The treasure lies just ahead, in a cave behind a waterfall." He looked around at his crew. "Rodriguez knew the risks of a pirate's life. We all do."

Several of the pirates muttered uneasily, but none openly challenged the captain. They buried Rodriguez under a cairn of stones and continued their ascent.

The path steepened, and the mist thickened further. Sound behaved strangely here – whispers seemed to come from empty air, footsteps echoed when no one moved.

And always, Jack felt eyes upon them. Watching. Waiting.

What none of them noticed was how the mist sometimes formed shapes – human shapes – that followed silently behind.

Capítulo 5
La Isla de las Almas Perdidas

El amanecer reveló un paisaje fantasmal. Gruesos zarcillos de niebla se curvaban sobre el agua, limitando la visibilidad a meros metros. El Tiburón Carmesí se movía con cautela a través de esta bruma sobrenatural, los únicos sonidos eran el crujido de la madera y el suave golpeteo de las olas contra el casco.

Después de la violencia de la noche anterior, la calma era casi más inquietante.

"¡Tierra a la vista!", llamó el vigía, su voz amortiguada por la niebla.

La tripulación se reunió en las barandillas, esforzándose por ver. Lentamente, una forma oscura emergió de la blancura – una isla, sus costas rocosas y amenazantes, su centro elevándose hacia una empinada montaña envuelta en bruma.

"La Isla Perdida", anunció Morgan, con un brillo febril en su ojo natural. "Tal como predijo el mapa".

Anclaron en una cala protegida, su playa de arena negra curvándose como una luna creciente. La niebla se aferraba a la costa, reacia a revelar los secretos de la isla.

Jack se unió al grupo de desembarco – Morgan, Elías, Anne, Gran Tom y otros seis piratas, todos armados hasta los dientes. Remaron hacia la orilla en un tenso silencio, el único sonido era el sumergir y tirar de los remos a través del agua anormalmente quieta.

Cuando las botas de Jack crujieron sobre la arena volcánica, una profunda sensación de error se asentó sobre él. La isla estaba silenciosa – completamente silenciosa. Ningún pájaro llamaba, ningún insecto zumbaba, ningún viento susurraba a través de la densa jungla que comenzaba donde terminaba la playa.

"Es como si la isla estuviera conteniendo la respiración", susurró Gran Tom, aferrando nerviosamente su sable.

Morgan consultó el extraño mapa, luego señaló hacia un estrecho sendero que conducía hacia los árboles. "Por aquí".

La jungla se cerró a su alrededor como una tumba. Árboles masivos con troncos retorcidos se apiñaban, sus copas bloqueando la mayor parte de la luz del día. Enredaderas colgaban como cuerdas olvidadas. El aire era caliente y pesado, pero extrañamente seco, como si la humedad hubiera sido deliberadamente eliminada.

Jack notó que nadie hablaba por encima de un susurro, como si voces más fuertes pudieran despertar algo mejor dejado dormido.

Después de una hora de cuidadoso avance, emergieron a un pequeño claro. En su centro yacían los restos de un campamento – un pozo de fuego, ahora frío; lona rasgada que alguna vez podrían haber sido tiendas; suministros dispersos, oxidados y pudriéndose.

"Alguien estuvo aquí antes que nosotros", observó Jack.

"Muchos han buscado el tesoro", dijo Elías suavemente. "Ninguno lo ha reclamado".

Morgan pateó los suministros abandonados. "Cobardes, probablemente. Asustados por sombras y superstición".

Anne se arrodilló para examinar algo medio enterrado en la tierra – un pequeño libro, sus páginas deformadas por la humedad. Lo abrió cuidadosamente, revelando texto manuscrito.

"Un diario", dijo. "Fechado hace tres años".

Morgan se lo arrebató de las manos, hojeando las páginas. "La expedición del Venture", leyó en voz alta. "Capitán James Harrow". Resopló. "Un capitán mercante jugando a ser cazador de tesoros".

"¿Qué les pasó?", preguntó Jack.

Morgan revisó superficialmente el diario. "Tonterías sobre voces en la noche... miembros de la tripulación viendo cosas imposibles... ah, aquí. Encontraron un camino de piedra que conduce montaña arriba". Cerró el libro de golpe. "Estaban cerca, pero perdieron el valor".

Mientras registraban el claro en busca de algo útil, Jack notó extrañas marcas talladas en una gran roca. Apartó las enredaderas para revelar una advertencia tosca pero clara: "Regresa antes de que la marea te lleve".

"Capitán", llamó. "Debería ver esto".

Morgan examinó la talla con su ojo mecánico, ajustando las lentes pensativamente. "Interesante. No muy antiguo, quizás tallado por la tripulación de Harrow". Se enderezó. "Pero no vamos a regresar. El tesoro espera".

Continuaron su viaje, siguiendo el camino de piedra mencionado en el diario. Serpenteaba hacia arriba, hacia la montaña envuelta en niebla.

El día avanzaba, y la jungla se volvía más extraña. Los árboles dieron paso a formaciones rocosas que parecían casi esculpidas, con curvas suaves y ángulos agudos que la naturaleza por sí sola no podría explicar. El camino de piedra bajo sus pies mostraba artesanía similar – bloques ajustados sin mortero, pero perfectamente alineados a pesar de siglos de exposición.

"¿Quién construyó este lugar?", se preguntó Jack en voz alta.

"Nadie lo sabe", respondió Elías. "La isla no aparece en ninguna carta, no se menciona en ninguna historia".

"Quizás la misma gente que construyó la Marea Negra", sugirió Anne.

Uno de los piratas, un hombre llamado Rodríguez, de repente dejó de caminar. "¿Oyeron eso?", susurró.

Todos se congelaron, escuchando. Jack no oyó nada más que el latido de su propio corazón.

"No hay nada—", comenzó Morgan.

"¡Allí!", insistió Rodríguez. "Una voz... llamando mi nombre".

Los otros piratas intercambiaron miradas inquietas. Nadie más había oído nada.

"Tu imaginación, nada más", dijo Morgan despectivamente. "Sigan moviéndose".

Rodríguez dudó, luego siguió a regañadientes. Pero Jack notó que el hombre continuamente miraba por encima de su hombro, su rostro pálido de miedo.

Al acercarse el anochecer, acamparon en una pequeña depresión rodeada por esas rocas antinaturalmente lisas. Nadie sugirió encender un fuego – aunque ninguno podía decir exactamente por qué.

Jack se encontró en el primer turno de guardia con Anne. Se sentaron uno al lado del otro, escudriñando la creciente oscuridad.

"¿Crees en fantasmas?", preguntó Jack en voz baja.

Anne consideró la pregunta. "Creo que hay fuerzas más allá de nuestra comprensión", finalmente respondió. "Cosas que existen en los espacios entre lo que conocemos". Ella lo miró. "Tu padre se perdió en el mar. ¿Alguna vez sientes su presencia?"

Jack pensó en los sueños que lo habían perseguido desde la infancia – de estar al timón de un gran barco, sintiendo una mano guía en su hombro. "A veces", admitió.

"El mar mantiene a sus muertos cerca", murmuró Anne. "Pero esta isla... se siente diferente. No como una presencia fantasmal. Más como un hambre".

Un repentino grito destrozó la quietud.

"¡Rodríguez ha desaparecido!", llamó uno de los piratas, pánico en su voz.

Buscaron en el área inmediata, llamando el nombre de Rodríguez. Pero la jungla se tragó sus voces, devolviendo solo silencio.

"Debe haberse alejado", dijo Morgan, aunque su confianza parecía forzada. "Lo encontraremos al amanecer".

Ninguno durmió bien esa noche. Los sueños de Jack estaban perturbados por figuras sombrías que observaban desde justo más allá del borde de la visión, y susurros demasiado débiles para entender.

La mañana no trajo consuelo. La niebla se había espesado, reduciendo la visibilidad aún más. Y Rodríguez seguía desaparecido.

"Continuamos", ordenó Morgan, sin admitir argumentos. "El tesoro es nuestra prioridad".

Siguieron el camino de piedra más arriba en la montaña. La vegetación se adelgazó, dando paso a roca desnuda y extrañas esculturas retorcidas que alguna vez podrían haber sido árboles, ahora petrificados en formas grotescas.

Un grito de uno de los exploradores los hizo correr. Más allá de una cresta, encontraron lo que habían estado temiendo – el cuerpo de Rodríguez, desparramado sobre el camino de piedra.

Su piel estaba mortalmente pálida, sus ojos muy abiertos en una expresión de terror absoluto. Pero lo más inquietante era la completa ausencia de sangre – ni una herida, ni un moretón, pero estaba tan exangüe como si hubiera sido drenado hasta la última gota.

"¿Qué le pasó?", susurró Jack, con bilis subiendo por su garganta.

Elías se arrodilló junto al cuerpo, sus ojos oscuros preocupados. "Le quitaron la vida. No por hoja o bala".

"¿Está... congelado?", preguntó Gran Tom, notando la extraña rigidez del cadáver.

En efecto, la piel de Rodríguez estaba fría al tacto, aunque el aire a su alrededor era sofocantemente caliente.

"Capitán", dijo Elías gravemente, "deberíamos abandonar este lugar. Lo que sea que hay aquí, no es natural. No es seguro".

Pero la expresión de Morgan se había endurecido. "Estamos cerca", insistió, golpeando el mapa. "El tesoro yace justo adelante, en una cueva detrás de una cascada". Miró a su tripulación. "Rodríguez conocía los riesgos de la vida de un pirata. Todos los conocemos".

Varios de los piratas murmuraron intranquilos, pero ninguno desafió abiertamente al capitán. Enterraron a Rodríguez bajo un montículo de piedras y continuaron su ascenso.

El camino se empinó, y la niebla se espesó aún más. El sonido se comportaba extrañamente aquí – susurros parecían venir del aire vacío, pasos hacían eco cuando nadie se movía.

Y siempre, Jack sentía ojos sobre ellos. Observando. Esperando.

Lo que ninguno de ellos notó fue cómo la niebla a veces formaba figuras – figuras humanas – que seguían silenciosamente detrás.

Chapter 6
The First Death

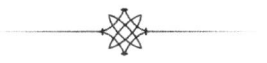

"That wasn't the first death," Anne said quietly as they climbed. She had fallen into step beside Jack, her voice pitched low so only he could hear.

"What do you mean?" Jack asked.

"Rodriguez wasn't the first to die. This island has claimed many lives."

Jack glanced back at the makeshift grave they'd left behind. "I meant he was the first of our crew."

Anne shook her head. "The island doesn't distinguish between crews or centuries. To it, we're all the same – intruders." She touched the hilt of her knife nervously. "Did you notice his eyes?"

Jack shuddered, remembering the wide, terror-filled stare of the dead man. "What about them?"

"They were clouded, like ice had formed over them." Anne's voice dropped even lower. "I've only seen that once before, in my father's research. A sailor who claimed to have seen the Black Tide. He died the same way – bloodless, frozen from the inside."

Before Jack could respond, Morgan called for a halt. They had reached a plateau near the mountain's summit. The mist had thinned somewhat, allowing them to see what lay ahead – a sheer cliff face, down which poured a waterfall of dark water. The cascade was silent, the water falling without splash or sound into a black pool below.

"The Cave of Echoes," Morgan announced triumphantly. "Behind that waterfall."

"How do we get behind it?" Jack asked.

Morgan smiled thinly. "We walk through it."

The pirates exchanged dubious glances, but Morgan was already striding forward. He stepped into the black pool, finding it surprisingly shallow – barely knee-deep. With determined steps, he approached the falling water.

Jack expected him to emerge soaked on the other side. Instead, Morgan simply vanished, as if the waterfall had swallowed him whole.

"Captain?" called Big Tom nervously.

"Come through!" Morgan's voice replied, strangely distorted. "It's safe!"

One by one, the pirates followed. Jack and Anne exchanged a wary look before stepping into the pool. The water was cold – unnaturally so – and thick, more like oil than water. It clung to Jack's boots, reluctant to let go.

At the waterfall, Jack hesitated. The black liquid fell in a perfect curtain, yet made no sound. Steeling himself, he closed his eyes and stepped forward.

There was a moment of disorientation, a sensation of pressure from all sides, and then... emptiness. Jack opened his eyes to find himself in a vast cave.

Crystal formations jutted from the walls and ceiling, glowing with a pale blue light that illuminated the space. The floor was smooth stone, worn by centuries of flowing water. And at the center of the cave stood a stone altar, upon which rested a large wooden chest bound with tarnished brass.

"The treasure," Morgan breathed, his voice echoing strangely in the cavernous space. "At last."

But Jack's attention was drawn elsewhere – to the scattered bones that littered the cave floor. Human bones, some ancient, others disturbingly recent.

"Captain," Elias warned, "we are not alone here."

As if summoned by his words, the whispers began – soft at first, then growing in intensity. They seemed to come from the walls themselves, voices speaking in languages Jack had never heard, yet somehow understood in his bones.

"They're saying... 'leave,'" Anne translated, her face pale. "'Leave the treasure. Leave while you still can.'"

"Nonsense," Morgan snapped, though his hand had moved to the pistol at his belt. "Just echoes, playing tricks on our minds."

He strode toward the altar, the rest of the crew following more cautiously. Jack stayed close to Anne, drawing comfort from her presence.

As they approached, Jack noticed symbols carved into the stone altar – the same strange markings that had adorned the chest in Morgan's cabin.

"These aren't just decorations," he realized aloud. "They're a warning."

Morgan ignored him, circling the wooden chest with hungry eyes. It was larger than Jack had expected, big enough to hold far more than mere coins or gems.

"No lock," Morgan noted, running his fingers along the seam where the lid met the body of the chest. "How does it open?"

"Perhaps it's not meant to be opened," Elias suggested.

Jack's foot struck something solid. Looking down, he saw a dagger half-buried in the cave floor. Its blade was unlike any metal he had seen before – neither silver nor steel, but something darker, with an oily sheen that caught the light strangely. The hilt was wrapped in leather so ancient it had hardened to stone, and set with a black stone that seemed to absorb light rather than reflect it.

Anne noticed it too. She knelt, reaching for it.

"Don't touch it!" Elias said sharply.

Too late. Anne's fingers closed around the hilt. She gasped, her body going rigid.

"Anne!" Jack cried, dropping to his knees beside her.

Her eyes had rolled back, showing only whites. Her lips moved soundlessly, as if speaking to someone only she could see.

"Let go of it," Jack urged, trying to pry her fingers from the dagger.

With a sudden shudder, Anne returned to herself. She released the dagger, letting it fall back to the stone floor.

"What happened?" Jack asked, steadying her as she swayed.

"I saw..." Anne shook her head, struggling to find words. "I saw how they died. The crew of the Black Tide. What they became." Her voice dropped to a whisper. "The dagger is the key. But using it... there's a price."

Morgan had overheard. He approached, eyeing the fallen dagger with newfound interest. "A key, you say? To the chest?"

"Don't," Anne warned, her voice stronger now. "Captain, that chest wasn't meant to hold treasure – not gold or jewels. It contains something else. Something dangerous."

Morgan's face darkened. "We didn't come all this way to leave empty-handed." He reached for the dagger.

Elias stepped between them. "The girl speaks truth, Captain. This place, this chest – they are not natural. Opening it may unleash forces beyond our control."

For a moment, it seemed Morgan might listen to reason. Then his expression hardened. "Stand aside, Elias. That's an order."

The standoff was broken by a cry from one of the pirates near the waterfall entrance. "Captain! Something's coming!"

They all turned to see the black water rippling, bulging outward as if something massive was pushing through from the other side.

"Quickly," Morgan commanded. "Grab the chest. We're leaving."

Four pirates rushed to obey, lifting the surprisingly heavy chest between them. As they did, the whispers in the cave grew frantic, almost panicked.

Morgan snatched up the strange dagger, tucking it into his belt. "Move!" he shouted.

They fled toward a second tunnel at the far end of the cave, one that sloped upward, presumably to another exit. Behind them, the waterfall entrance bulged further inward, the black liquid stretching like a membrane about to tear.

Jack cast one last glance back as they entered the tunnel. For an instant, he thought he saw a hand – corpse-pale and unnaturally elongated – pushing through the waterfall.

Then they were running through darkness, guided only by the faint blue glow of crystal formations in the tunnel walls. The chest was awkward, heavy, and the pirates carrying it struggled to keep pace.

"What was that?" Jack gasped as they ran.

"The guardians," Anne replied grimly. "We've taken what belongs to them."

The tunnel seemed endless, twisting and turning through the heart of the mountain. Just when Jack thought his lungs would burst, they emerged onto a stone ledge high on the mountainside. The sun was setting, painting the mist-shrouded jungle below in shades of blood and gold.

"We'll camp here tonight," Morgan decided, breathing hard. "Return to the ship at first light."

The pirates set down the chest with visible relief. No one suggested opening it – not yet. Even Morgan seemed content to wait, though his gaze rarely left the wooden box.

As darkness fell, the tension grew. No one spoke above a whisper. The night sounds of the jungle – what few there were – seemed menacing rather than natural.

Jack found himself sitting between Anne and Elias, all three watching the chest as if it might suddenly spring to life.

"You saw something when you touched the dagger," Jack said quietly to Anne. "What was it?"

Anne's eyes reflected the stars overhead. "I saw the Black Tide as it once was – a ship of exploration, seeking knowledge rather than gold. I saw its captain, William Drake, discovering this island. Finding the chest. Opening it." She shuddered. "And I saw what came out – darkness with a hunger. It consumed them, changed them. Made them into something... other."

"And now Morgan wants to open it again," Jack said.

"He believes he can control it," Elias added. "He cannot."

"Then we have to stop him," Jack insisted.

Elias glanced toward where Morgan sat, the captain's mechanical eye gleaming in the darkness. "It may already be too late."

As if to confirm his words, the mist below began to shift and thicken, coalescing into a solid wall that crept up the mountainside toward their camp.

And within that mist, something dark moved. Something with black sails.

Capítulo 6
La Primera Muerte

"Esa no fue la primera muerte", dijo Anne en voz baja mientras subían. Se había acompasado al paso de Jack, su voz en tono bajo para que solo él pudiera oír.

"¿Qué quieres decir?", preguntó Jack.

"Rodríguez no fue el primero en morir. Esta isla ha reclamado muchas vidas".

Jack miró hacia atrás a la improvisada tumba que habían dejado. "Me refería a que fue el primero de nuestra tripulación".

Anne negó con la cabeza. "La isla no distingue entre tripulaciones o siglos. Para ella, todos somos iguales – intrusos". Tocó nerviosamente la empuñadura de su cuchillo. "¿Notaste sus ojos?"

Jack se estremeció, recordando la mirada amplia, llena de terror del hombre muerto. "¿Qué pasa con ellos?"

"Estaban nublados, como si se hubiera formado hielo sobre ellos". La voz de Anne bajó aún más. "Solo he visto eso una vez antes, en la investigación de mi padre. Un marinero que afirmaba haber visto la Marea Negra. Murió de la misma manera – sin sangre, congelado desde dentro".

Antes de que Jack pudiera responder, Morgan ordenó detenerse. Habían llegado a una meseta cerca de la cumbre de la montaña. La niebla se había disipado un poco, permitiéndoles ver lo que había más adelante – un acantilado escarpado, por el que caía una cascada de agua oscura. La cascada era silenciosa, el agua cayendo sin salpicaduras ni sonido en un estanque negro abajo.

"La Cueva de los Ecos", anunció Morgan triunfalmente. "Detrás de esa cascada".

"¿Cómo llegamos detrás?", preguntó Jack.

Morgan sonrió tenuemente. "Caminamos a través de ella".

Los piratas intercambiaron miradas dudosas, pero Morgan ya avanzaba a grandes pasos. Entró en el estanque negro, encontrándolo sorprendentemente poco profundo – apenas hasta las rodillas. Con pasos decididos, se acercó a la caída de agua.

Jack esperaba verlo emerger empapado al otro lado. En cambio, Morgan simplemente desapareció, como si la cascada lo hubiera tragado entero.

"¿Capitán?", llamó Gran Tom nerviosamente.

"¡Pasen!", respondió la voz de Morgan, extrañamente distorsionada. "¡Es seguro!"

Uno por uno, los piratas lo siguieron. Jack y Anne intercambiaron una mirada cautelosa antes de entrar en el estanque. El agua estaba fría – antinaturalmente fría – y espesa, más como aceite que agua. Se adhería a las botas de Jack, reacia a soltarse.

En la cascada, Jack dudó. El líquido negro caía en una cortina perfecta, pero no hacía ningún sonido. Armándose de valor, cerró los ojos y dio un paso adelante.

Hubo un momento de desorientación, una sensación de presión por todos lados, y luego... vacío. Jack abrió los ojos para encontrarse en una vasta cueva.

Formaciones de cristal sobresalían de las paredes y el techo, brillando con una pálida luz azul que iluminaba el espacio. El suelo era piedra lisa, desgastada por siglos de agua fluyente. Y en el centro de la cueva había un altar de piedra, sobre el cual descansaba un gran cofre de madera con adornos de latón oxidado.

"El tesoro", respiró Morgan, su voz haciendo un extraño eco en el espacio cavernoso. "Por fin".

Pero la atención de Jack fue atraída a otro lugar – a los huesos dispersos que cubrían el suelo de la cueva. Huesos humanos, algunos antiguos, otros inquietantemente recientes.

"Capitán", advirtió Elías, "no estamos solos aquí".

Como convocados por sus palabras, los susurros comenzaron – suaves al principio, luego creciendo en intensidad. Parecían venir de las paredes mismas, voces hablando en idiomas que Jack nunca había escuchado, pero que de alguna manera entendía en sus huesos.

"Están diciendo... 'váyanse'", tradujo Anne, su rostro pálido. "'Dejen el tesoro. Váyanse mientras todavía pueden'".

"Tonterías", espetó Morgan, aunque su mano se había movido hacia la pistola en su cinturón. "Solo ecos, jugando trucos en nuestras mentes".

Se dirigió hacia el altar, el resto de la tripulación siguiéndolo con más cautela. Jack se mantuvo cerca de Anne, encontrando consuelo en su presencia.

Al acercarse, Jack notó símbolos tallados en el altar de piedra – las mismas extrañas marcas que habían adornado el cofre en el camarote de Morgan.

"Estos no son solo decoraciones", se dio cuenta en voz alta. "Son una advertencia".

Morgan lo ignoró, rodeando el cofre de madera con ojos hambrientos. Era más grande de lo que Jack había esperado, lo suficientemente grande como para contener mucho más que simples monedas o gemas.

"No tiene cerradura", notó Morgan, pasando sus dedos a lo largo de la unión donde la tapa se encontraba con el cuerpo del cofre. "¿Cómo se abre?"

"Quizás no está destinado a ser abierto", sugirió Elías.

El pie de Jack golpeó algo sólido. Mirando hacia abajo, vio una daga medio enterrada en el suelo de la cueva. Su hoja era diferente a cualquier metal que hubiera visto antes – ni plata ni acero, sino algo más oscuro, con un brillo aceitoso que captaba la luz de manera extraña. La empuñadura estaba envuelta en cuero tan antiguo que se había endurecido como piedra, y engastada con una piedra negra que parecía absorber la luz en lugar de reflejarla.

Anne también lo notó. Se arrodilló, extendiendo la mano hacia ella.

"¡No la toques!", dijo Elías bruscamente.

Demasiado tarde. Los dedos de Anne se cerraron alrededor de la empuñadura. Ella jadeó, su cuerpo poniéndose rígido.

"¡Anne!", gritó Jack, dejándose caer de rodillas a su lado.

Sus ojos se habían volteado, mostrando solo el blanco. Sus labios se movían silenciosamente, como si hablara con alguien que solo ella podía ver.

"Suéltala", instó Jack, tratando de separar sus dedos de la daga.

Con un repentino estremecimiento, Anne volvió en sí. Soltó la daga, dejándola caer de nuevo al suelo de piedra.

"¿Qué pasó?", preguntó Jack, sosteniéndola mientras se tambaleaba.

"Vi...", Anne sacudió la cabeza, luchando por encontrar palabras. "Vi cómo murieron. La tripulación de la Marea Negra. En lo que se convirtieron". Su voz bajó a un susurro. "La daga es la llave. Pero usarla... tiene un precio".

Morgan había escuchado. Se acercó, mirando la daga caída con renovado interés. "¿Una llave, dices? ¿Para el cofre?"

"No lo hagas", advirtió Anne, su voz más fuerte ahora. "Capitán, ese cofre no estaba destinado a contener tesoros – ni oro ni joyas. Contiene otra cosa. Algo peligroso".

El rostro de Morgan se oscureció. "No vinimos hasta aquí para irnos con las manos vacías". Extendió la mano hacia la daga.

Elías se interpuso entre ellos. "La chica dice la verdad, Capitán. Este lugar, este cofre – no son naturales. Abrirlo puede desatar fuerzas más allá de nuestro control".

Por un momento, pareció que Morgan podría escuchar la razón. Luego su expresión se endureció. "Hazte a un lado, Elías. Es una orden".

El enfrentamiento fue interrumpido por un grito de uno de los piratas cerca de la entrada de la cascada. "¡Capitán! ¡Algo viene!"

Todos se volvieron para ver el agua negra ondulando, abombándose hacia afuera como si algo masivo estuviera empujando desde el otro lado.

"Rápido", ordenó Morgan. "Agarren el cofre. Nos vamos".

Cuatro piratas se apresuraron a obedecer, levantando el sorprendentemente pesado cofre entre ellos. Mientras lo hacían, los susurros en la cueva se volvieron frenéticos, casi en pánico.

Morgan recogió la extraña daga, metiéndola en su cinturón. "¡Muévanse!", gritó.

Huyeron hacia un segundo túnel en el extremo lejano de la cueva, uno que se inclinaba hacia arriba, presumiblemente hacia otra salida. Detrás de ellos, la entrada de la cascada se abombaba más hacia adentro, el líquido negro estirándose como una membrana a punto de rasgarse.

Jack echó una última mirada atrás mientras entraban en el túnel. Por un instante, creyó ver una mano – pálida como un cadáver y anormalmente alargada – empujando a través de la cascada.

Luego estaban corriendo a través de la oscuridad, guiados solo por el débil resplandor azul de las formaciones de cristal en las paredes del túnel. El cofre era incómodo, pesado, y los piratas que lo llevaban luchaban por mantener el ritmo.

"¿Qué era eso?", jadeó Jack mientras corrían.

"Los guardianes", respondió Anne sombríamente. "Hemos tomado lo que les pertenece".

El túnel parecía interminable, retorciéndose y girando a través del corazón de la montaña. Justo cuando Jack pensaba que sus pulmones explotarían, emergieron a una repisa de piedra alta en la ladera de la montaña. El sol se estaba poniendo, pintando la jungla envuelta en niebla debajo en tonos de sangre y oro.

"Acamparemos aquí esta noche", decidió Morgan, respirando con dificultad. "Volveremos al barco al amanecer".

Los piratas dejaron el cofre con visible alivio. Nadie sugirió abrirlo – no todavía. Incluso Morgan parecía contento con esperar, aunque su mirada raramente abandonaba la caja de madera.

Al caer la oscuridad, la tensión creció. Nadie hablaba por encima de un susurro. Los sonidos nocturnos de la jungla – los pocos que había – parecían amenazantes en lugar de naturales.

Jack se encontró sentado entre Anne y Elías, los tres observando el cofre como si pudiera cobrar vida de repente.

"Viste algo cuando tocaste la daga", dijo Jack en voz baja a Anne. "¿Qué fue?"

Los ojos de Anne reflejaban las estrellas sobre ellos. "Vi la Marea Negra como era antes – un barco de exploración, buscando conocimiento en lugar de oro. Vi a su capitán, William Drake, descubriendo esta isla. Encontrando el cofre. Abriéndolo". Se estremeció. "Y vi lo que salió – oscuridad con hambre. Los consumió, los cambió. Los convirtió en algo... otro".

"Y ahora Morgan quiere abrirlo de nuevo", dijo Jack.

"Él cree que puede controlarlo", añadió Elías. "No puede".

"Entonces tenemos que detenerlo", insistió Jack.

Elías miró hacia donde Morgan estaba sentado, el ojo mecánico del capitán brillando en la oscuridad. "Puede que ya sea demasiado tarde".

Como para confirmar sus palabras, la niebla de abajo comenzó a moverse y espesarse, fusionándose en una pared sólida que trepaba por la ladera de la montaña hacia su campamento.

Y dentro de esa niebla, algo oscuro se movía. Algo con velas negras.

Chapter 7
The Cave of Echoes

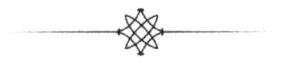

Morning revealed their worst fears. The fog had completely surrounded the ledge where they camped, a white wall on all sides. And through it, dark shapes moved – not quite solid, not quite phantom, circling like predators.

"We need to move," Morgan ordered, his voice hoarse. None had slept well, haunted by dreams of cold hands and hungry shadows.

They gathered their supplies and lifted the chest once more. The only way forward was up – toward the mountain's summit, where perhaps they could find another path down to the shore.

As they climbed, the fog followed, always keeping pace, never falling behind. The dark shapes within grew bolder, sometimes darting close enough that Jack could almost make out features – hollow eyes, gaping mouths, fingers like claws.

"They're herding us," Anne realized aloud.

Morgan ignored her, pushing the group faster. The chest grew heavier with each step, its bearers struggling under the weight.

Near midday, they reached the summit – a flat expanse of bare rock, offering no shelter and no escape. The fog encircled them completely.

"Now what, Captain?" Big Tom asked, fear evident in his usually cheerful face.

Before Morgan could answer, the fog began to part, creating a corridor that led back down the mountain – but not toward the beach where they had landed. Instead, it pointed toward the far side of the island.

"They're showing us the way," Jack said. "But to what?"

"A trap, most likely," Elias replied.

Morgan studied the passage through the fog. "We have little choice. Forward."

They descended cautiously. The path was treacherous, slick with moisture from the fog. One misstep could send them plunging down the mountainside.

Hours passed. The fog corridor guided them down, then across a rocky plateau, and finally to the edge of a cliff overlooking a hidden bay on the island's far side.

There, anchored in waters as still as glass, waited a ship with black sails.

"The Black Tide," Anne whispered.

Even from this distance, Jack could see that the ship was... wrong. Its proportions were slightly off, its lines too straight, its black sails absorbing the light around them. No crew was visible on its deck.

Morgan studied it through his mechanical eye, adjusting the lenses for better vision. "Interesting," he murmured. "Not quite solid, is it? Like a reflection in dark water."

"What does it want?" Jack asked no one in particular.

"The chest," Elias answered. "It wants what was taken from it."

As if in response, the fog thickened again, closing the path behind them. The only way forward was down to the bay – and the waiting ship.

"We find another way," Anne said firmly. "We don't go near that thing."

Morgan's laugh was brittle. "And where would you suggest we go, girl? Back through the fog? Through those... things waiting in it?" He pointed to the shadowy figures that had grown more numerous, more solid. "No. We go down. We take what we can from that derelict, and we leave."

"It's not a derelict," Jack objected. "Can't you see? It's... alive, somehow."

But Morgan had made his decision. They began their descent down a narrow path that zigzagged to the bay below.

As they approached the shore, Jack felt an increasing sense of dread. The Black Tide seemed to watch them, though no faces appeared at its rails. Its black sails hung perfectly still, despite the light breeze that had begun to blow.

"Captain," Elias tried one last time. "We should not approach that vessel. The legend—"

"I've heard enough of legends," Morgan snapped. "Look at it! A ghost ship, they say? Then how can it harm us?"

They reached the black sand beach. The pirates set down the chest with visible relief, some rubbing shoulders sore from its weight. No one volunteered to approach the water's edge, where small waves lapped with unnatural slowness.

"Wait here," Morgan ordered. He drew his pistol and sword, then strode confidently toward the water.

Jack, Anne, and Elias exchanged glances. "Should we stop him?" Jack asked.

"How?" Anne replied grimly. "The captain has made his choice."

Morgan reached the water's edge. The Black Tide loomed before him, less than a hundred yards offshore. Now that they were closer, Jack could see details he had missed before – the figurehead carved to resemble a woman with her face hidden behind her hands; the railings decorated with twisted, inhuman figures; the hull that seemed to fade into the water, as if ship and sea were one entity.

Morgan raised his voice. "I am Captain Thaddeus Morgan of the Crimson Shark! I address whoever commands this vessel!"

Silence answered him. Not even an echo returned his words.

"We have found your treasure!" Morgan continued, gesturing toward the chest. "Perhaps we can negotiate its return?"

Still nothing. The black sails hung motionless. The water barely rippled around the ship's hull.

Morgan turned back to his crew, shrugging. "It seems our ghost ship is truly empty."

And then – movement. A figure appeared at the Black Tide's rail. Tall, unnaturally thin, dressed in a captain's coat that might once have been fine but now hung in tatters. His face was hidden in shadow beneath a wide-brimmed hat.

"Captain Drake, I presume?" Morgan called, a note of triumph in his voice. "Shall we discuss terms?"

The figure raised an arm, pointing not at Morgan but at the chest on the beach.

"Yes, your property, I know," Morgan replied, as if conducting a normal negotiation. "But surely we deserve some compensation for retrieving it?"

The figure's arm remained outstretched, unmoving. Then, slowly, it beckoned – a clear command to bring the chest forward.

"In due time," Morgan answered. "First, let us discuss—"

The figure's patience ended. It brought its arm down in a slashing motion, and the calm water between ship and shore erupted. A wave rose, impossibly high, and rushed toward the beach.

"Run!" Elias shouted.

But it was too late. The wave struck with devastating force, knocking everyone off their feet. Cold water filled Jack's lungs. He tumbled helplessly, disoriented, certain he would drown.

Then, as suddenly as it had come, the water receded, dragging everything back toward the Black Tide – including the chest, which slid across the sand as if pulled by invisible hands.

"The chest!" Morgan bellowed, scrambling to his feet. "Don't let them take it!"

Several pirates lunged for it, managing to catch its brass handles before it reached the water. They dug their heels into the sand, straining against the unnatural pull.

Jack coughed up seawater, helping Anne to her feet. The temperature had dropped dramatically – their breath now fogged in the air, though moments before it had been tropically warm.

"Let it go," Anne urged. "Give them what they want, and maybe they'll let us leave."

But Morgan would not be denied. He rushed to help his men secure the chest, driving his sword into the sand to create an anchor point, then tying a rope between it and the chest.

On the Black Tide, more figures had appeared – gaunt shadows that lined the rails, watching silently. The captain still stood at the forefront, his arm now lowered but his posture radiating cold fury.

"We need to find another way out of this cove," Elias told Jack and Anne. "If we can reach the other side of the island, perhaps we can signal the Crimson Shark."

Jack nodded, scanning the cliffs that surrounded the bay. "There," he pointed to a narrow trail that wound up the eastern cliff face. "If we can reach that—"

A scream interrupted him. One of the pirates holding the chest had suddenly gone rigid, his eyes wide with terror. As they watched, frost spread across his skin, crackling as it covered him from head to toe. In seconds, he stood frozen solid, a statue of ice in the shape of a man.

"Jenkins!" Big Tom cried, reaching for his friend.

"Don't touch him!" Elias warned.

Too late. The moment Tom's fingers brushed Jenkins' frozen form, the ice spread to him as well, racing up his arm and across his body. Tom didn't even have time to scream before he too was encased in ice.

Panic erupted among the remaining pirates. Some fled toward the jungle. Others drew weapons, firing futilely at the Black Tide or slashing at the air as shadowy forms began to emerge from the water.

"The chest is the key," Jack realized suddenly. "They want what's inside, not the chest itself."

Morgan seemed to reach the same conclusion. He abandoned the chest, letting it slide into the shallow water. Instead, he drew the strange dagger from his belt.

"Captain, no!" Anne shouted.

But Morgan plunged the dagger into the lid of the chest, twisting it like a key. Wood splintered around the blade. A sound like distant thunder rolled across the water.

For a heartbeat, nothing happened. Then the lid of the chest burst open.

No gold emerged. No jewels. Not even documents or maps. Instead, darkness poured out – a liquid shadow that spread across the water's surface, racing toward the Black Tide.

On the ghost ship, the figures seemed to grow more solid, more real, as the darkness reached them. The captain raised his arms in what looked like triumph.

"What have you done?" Anne demanded, grabbing Morgan's arm. "Do you realize what you've released?"

Morgan shook her off, his face alight with maniacal glee. "Power," he whispered. "The power to command death itself."

The darkness continued to flow from the chest, spreading further across the bay. Where it touched, the water turned black and viscous. And from this transformed sea, shapes began to rise – hands, arms, torsos, heads – figures forming from the liquid shadow.

"The crew," Jack breathed in horror. "The original crew of the Black Tide."

But they were no longer human. Their forms were twisted, elongated, with too many joints and fingers that stretched into claws. Their faces were smooth and featureless, save for gaping maws that opened like wounds.

"We need to leave," Elias said urgently. "Now!"

He pulled Jack and Anne toward the cliff path. Behind them, Morgan stood transfixed, watching his creation with the fascination of a madman.

"Morgan!" Jack called. "Come with us!"

The captain turned, and Jack recoiled. Morgan's mechanical eye had changed – its brass fixtures now embedded deeper in his flesh, black fluid leaking from the seams. When he smiled, his teeth seemed too numerous, too sharp.

"Go if you must," Morgan said, his voice distorted. "But I have found what I truly sought."

With that, he turned and walked into the black water, toward the waiting ship. The shadow creatures parted for him, forming an honor guard. The water didn't seem to slow him – he walked on its surface as if it were solid ground.

"He's lost," Anne said, pulling Jack away. "We can't help him."

They scrambled up the cliff path, not daring to look back until they'd reached a ledge halfway up. What they saw froze their blood.

Morgan had reached the Black Tide. The captain of the ghost ship – the thing that had once been William Drake – reached out a skeletal hand. Morgan took it without hesitation.

The moment they touched, a transformation began. Morgan's body contorted, his flesh darkening, his limbs stretching. His cries of pain quickly turned to sounds no human throat should make.

Below, the remaining pirates met various fates. Some were dragged beneath the black water. Others were encased in ice. A few managed to flee into the jungle, though Jack doubted they would find safety there.

"We need to warn the Crimson Shark," Jack said. "If any of those things reach it—"

"Agreed," Elias replied. "The path continues around the mountain. If we hurry, we might reach the other side of the island by nightfall."

They climbed in desperate silence, the sounds of destruction fading behind them. The jungle was eerily quiet, as if every living thing had fled or hidden.

As they rounded the mountain's shoulder, Jack glanced back one last time. The Black Tide was moving, gliding silently through the water toward the open sea. Its black sails now seemed fuller, more real.

And standing at its helm was a figure Jack recognized with horror – Captain Morgan, transformed but still recognizable, his mechanical eye now a blazing point of blue fire in a face that was barely human.

The Black Tide had claimed another captain, another crew. And judging by its course, it was heading directly for the Crimson Shark.

Capítulo 7
La Cueva de los Ecos

La mañana reveló sus peores temores. La niebla había rodeado completamente la repisa donde acampaban, una pared blanca en todos los lados. Y a través de ella, formas oscuras se movían – ni completamente sólidas, ni completamente fantasmales, rodeando como depredadores.

"Necesitamos movernos", ordenó Morgan, su voz ronca. Ninguno había dormido bien, perseguidos por sueños de manos frías y sombras hambrientas.

Reunieron sus provisiones y levantaron el cofre una vez más. La única forma de avanzar era hacia arriba – hacia la cumbre de la montaña, donde quizás podrían encontrar otro camino hacia la costa.

Mientras subían, la niebla los seguía, siempre manteniéndose a su ritmo, nunca quedándose atrás. Las formas oscuras dentro se volvieron más audaces, a veces acercándose lo suficiente para que Jack casi pudiera distinguir rasgos – ojos huecos, bocas abiertas, dedos como garras.

"Nos están conduciendo", se dio cuenta Anne en voz alta.

Morgan la ignoró, empujando al grupo más rápido. El cofre se volvía más pesado con cada paso, sus portadores luchando bajo el peso.

Cerca del mediodía, llegaron a la cumbre – una extensión plana de roca desnuda, sin ofrecer refugio ni escape. La niebla los rodeaba completamente.

"¿Y ahora qué, Capitán?", preguntó Gran Tom, el miedo evidente en su rostro habitualmente alegre.

Antes de que Morgan pudiera responder, la niebla comenzó a separarse, creando un corredor que conducía de vuelta montaña abajo – pero no hacia la playa donde habían desembarcado. En cambio, apuntaba hacia el lado opuesto de la isla.

"Nos están mostrando el camino", dijo Jack. "¿Pero hacia qué?"

"Una trampa, lo más probable", respondió Elías.

Morgan estudió el pasaje a través de la niebla. "Tenemos poca elección. Adelante".

Descendieron con cautela. El camino era traicionero, resbaladizo por la humedad de la niebla. Un paso en falso podría enviarlos precipitándose montaña abajo.

Pasaron horas. El corredor de niebla los guió hacia abajo, luego a través de una meseta rocosa, y finalmente al borde de un acantilado que daba a una bahía escondida en el lado opuesto de la isla.

Allí, anclado en aguas tan quietas como el cristal, esperaba un barco con velas negras.

"La Marea Negra", susurró Anne.

Incluso desde esta distancia, Jack podía ver que el barco estaba... mal. Sus proporciones estaban ligeramente fuera de lo normal, sus líneas demasiado rectas, sus velas negras absorbiendo la luz a su alrededor. No se veía tripulación en su cubierta.

Morgan lo estudió a través de su ojo mecánico, ajustando las lentes para una mejor visión. "Interesante", murmuró. "No es del todo sólido, ¿verdad? Como un reflejo en agua oscura".

"¿Qué quiere?", preguntó Jack a nadie en particular.

"El cofre", respondió Elías. "Quiere lo que le fue arrebatado".

Como en respuesta, la niebla se espesó nuevamente, cerrando el camino detrás de ellos. La única forma de avanzar era hacia abajo, a la bahía – y el barco que esperaba.

"Encontraremos otra manera", dijo Anne con firmeza. "No nos acercaremos a esa cosa".

La risa de Morgan fue quebradiza. "¿Y dónde sugieres que vayamos, muchacha? ¿De vuelta a través de la niebla? ¿A través de esas... cosas que esperan en ella?" Señaló a las figuras sombrías que se habían vuelto más numerosas, más sólidas. "No. Bajamos. Tomamos lo que podamos de ese buque abandonado, y nos vamos".

"No es un buque abandonado", objetó Jack. "¿No puedes ver? Está... vivo, de alguna manera".

Pero Morgan había tomado su decisión. Comenzaron su descenso por un camino estrecho que zigzagueaba hacia la bahía abajo.

A medida que se acercaban a la orilla, Jack sintió una creciente sensación de temor. La Marea Negra parecía observarlos, aunque ningún rostro aparecía en sus barandillas. Sus velas negras colgaban perfectamente quietas, a pesar de la ligera brisa que había comenzado a soplar.

"Capitán", intentó Elías una última vez. "No deberíamos acercarnos a ese barco. La leyenda—"

"He oído suficiente de leyendas", espetó Morgan. "¡Mírenlo! ¿Un barco fantasma, dicen? Entonces, ¿cómo puede dañarnos?"

Llegaron a la playa de arena negra. Los piratas depositaron el cofre con visible alivio, algunos frotándose los hombros adoloridos por su peso. Nadie se ofreció voluntario para acercarse al borde del agua, donde pequeñas olas lamían con lentitud antinatural.

"Esperen aquí", ordenó Morgan. Desenvainó su pistola y espada, luego avanzó con confianza hacia el agua.

Jack, Anne y Elías intercambiaron miradas. "¿Deberíamos detenerlo?", preguntó Jack.

"¿Cómo?", respondió Anne sombríamente. "El capitán ha tomado su decisión".

Morgan llegó al borde del agua. La Marea Negra se alzaba ante él, a menos de cien metros de la costa. Ahora que estaban más cerca, Jack podía ver detalles que había pasado por alto antes – el mascarón de proa tallado para asemejarse a una mujer con su rostro oculto tras sus manos; las barandillas decoradas con figuras retorcidas, inhumanas; el casco que parecía fundirse con el agua, como si barco y mar fueran una sola entidad.

Morgan elevó su voz. "¡Soy el Capitán Thaddeus Morgan del Tiburón Carmesí! ¡Me dirijo a quien comande esta embarcación!"

El silencio le respondió. Ni siquiera un eco devolvió sus palabras.

"¡Hemos encontrado su tesoro!", continuó Morgan, señalando hacia el cofre. "¿Quizás podamos negociar su devolución?"

Todavía nada. Las velas negras colgaban inmóviles. El agua apenas ondulaba alrededor del casco del barco.

Morgan se volvió hacia su tripulación, encogiéndose de hombros. "Parece que nuestro barco fantasma está verdaderamente vacío".

Y entonces – movimiento. Una figura apareció en la barandilla de la Marea Negra. Alta, anormalmente delgada, vestida con un abrigo de capitán que quizás una vez fue fino pero ahora colgaba en jirones. Su rostro estaba oculto en sombras bajo un sombrero de ala ancha.

"¿Capitán Drake, supongo?", llamó Morgan, con una nota de triunfo en su voz. "¿Discutimos los términos?"

La figura levantó un brazo, señalando no a Morgan sino al cofre en la playa.

"Sí, su propiedad, lo sé", respondió Morgan, como si condujera una negociación normal. "Pero seguramente merecemos alguna compensación por recuperarlo, ¿no?"

El brazo de la figura permaneció extendido, inmóvil. Luego, lentamente, hizo un gesto de llamada – una clara orden de traer el cofre hacia adelante.

"A su debido tiempo", respondió Morgan. "Primero, discutamos—"

La paciencia de la figura terminó. Bajó su brazo en un movimiento cortante, y el agua tranquila entre el barco y la orilla estalló. Una ola se elevó, imposiblemente alta, y se precipitó hacia la playa.

"¡Corran!", gritó Elías.

Pero era demasiado tarde. La ola golpeó con fuerza devastadora, derribando a todos. Agua fría llenó los pulmones de Jack. Rodó impotente, desorientado, seguro de que se ahogaría.

Luego, tan repentinamente como había llegado, el agua retrocedió, arrastrando todo de vuelta hacia la Marea Negra – incluido el cofre, que se deslizó por la arena como si fuera tirado por manos invisibles.

"¡El cofre!", bramó Morgan, poniéndose de pie a tropezones. "¡No dejen que se lo lleven!"

Varios piratas se lanzaron hacia él, logrando agarrar sus asas de latón antes de que llegara al agua. Clavaron sus talones en la arena, luchando contra la atracción antinatural.

Jack tosió agua de mar, ayudando a Anne a ponerse de pie. La temperatura había bajado dramáticamente – su aliento ahora se empañaba en el aire, aunque momentos antes había hecho un calor tropical.

"Déjalo ir", instó Anne. "Dales lo que quieren, y tal vez nos dejen marchar".

Pero Morgan no sería negado. Corrió para ayudar a sus hombres a asegurar el cofre, clavando su espada en la arena para crear un punto de anclaje, luego atando una cuerda entre ella y el cofre.

En la Marea Negra, más figuras habían aparecido – sombras demacradas que alineaban las barandillas, observando en silencio. El capitán aún estaba al frente, su brazo ahora bajado pero su postura irradiando furia fría.

"Necesitamos encontrar otra salida de esta cala", dijo Elías a Jack y Anne. "Si podemos alcanzar el otro lado de la isla, quizás podamos hacer señales al Tiburón Carmesí".

Jack asintió, escaneando los acantilados que rodeaban la bahía. "Allí", señaló a un sendero estrecho que serpenteaba por la cara este del acantilado. "Si podemos llegar a eso—"

Un grito lo interrumpió. Uno de los piratas que sostenían el cofre de repente se había puesto rígido, sus ojos abiertos con terror. Mientras observaban, la escarcha se extendió por su piel, crujiendo mientras lo cubría de pies a cabeza. En segundos, estaba congelado sólido, una estatua de hielo con forma de hombre.

"¡Jenkins!", gritó Gran Tom, extendiendo la mano hacia su amigo.

"¡No lo toques!", advirtió Elías.

Demasiado tarde. En el momento en que los dedos de Tom rozaron la forma congelada de Jenkins, el hielo se extendió también a él, subiendo por su brazo y a través de su cuerpo. Tom ni siquiera tuvo tiempo de gritar antes de quedar también encerrado en hielo.

El pánico estalló entre los piratas restantes. Algunos huyeron hacia la jungla. Otros sacaron armas, disparando inútilmente a la Marea Negra o cortando el aire mientras formas sombrías comenzaban a emerger del agua.

"El cofre es la clave", se dio cuenta Jack de repente. "Quieren lo que hay dentro, no el cofre en sí".

Morgan pareció llegar a la misma conclusión. Abandonó el cofre, dejándolo deslizarse en el agua poco profunda. En cambio, sacó la extraña daga de su cinturón.

"¡Capitán, no!", gritó Anne.

Pero Morgan hundió la daga en la tapa del cofre, girándola como una llave. La madera se astilló alrededor de la hoja. Un sonido como un trueno distante rodó sobre el agua.

Durante un latido, no pasó nada. Luego la tapa del cofre se abrió de golpe.

No emergió oro. Ni joyas. Ni siquiera documentos o mapas. En cambio, la oscuridad se derramó – una sombra líquida que se extendió por la superficie del agua, corriendo hacia la Marea Negra.

En el barco fantasma, las figuras parecían volverse más sólidas, más reales, a medida que la oscuridad las alcanzaba. El capitán levantó sus brazos en lo que parecía triunfo.

"¿Qué has hecho?", exigió Anne, agarrando el brazo de Morgan. "¿Te das cuenta de lo que has liberado?"

Morgan la apartó de un empujón, su rostro iluminado con un júbilo maníaco. "Poder", susurró. "El poder de comandar a la muerte misma".

La oscuridad continuó fluyendo desde el cofre, extendiéndose más por la bahía. Donde tocaba, el agua se volvía negra y viscosa. Y de este mar transformado, formas comenzaron a elevarse – manos, brazos, torsos, cabezas – figuras formándose de la sombra líquida.

"La tripulación", respiró Jack con horror. "La tripulación original de la Marea Negra".

Pero ya no eran humanos. Sus formas estaban retorcidas, alargadas, con demasiadas articulaciones y dedos que se estiraban como garras. Sus rostros eran lisos y sin rasgos, salvo por fauces abiertas que se abrían como heridas.

"Necesitamos irnos", dijo Elías con urgencia. "¡Ahora!"

Arrastró a Jack y Anne hacia el sendero del acantilado. Detrás de ellos, Morgan estaba paralizado, observando su creación con la fascinación de un loco.

"¡Morgan!", llamó Jack. "¡Ven con nosotros!"

El capitán se volvió, y Jack retrocedió. El ojo mecánico de Morgan había cambiado – sus accesorios de latón ahora incrustados más profundamente en su carne, fluido negro filtrándose por las costuras. Cuando sonrió, sus dientes parecían demasiado numerosos, demasiado afilados.

"Vayan si deben", dijo Morgan, su voz distorsionada. "Pero yo he encontrado lo que realmente buscaba".

Con eso, se volvió y caminó hacia el agua negra, hacia el barco que esperaba. Las criaturas de sombra se apartaron para él, formando una guardia de honor. El agua no parecía frenarlo – caminaba sobre su superficie como si fuera suelo sólido.

"Está perdido", dijo Anne, alejando a Jack. "No podemos ayudarlo".

Treparon por el sendero del acantilado, sin atreverse a mirar atrás hasta que llegaron a una repisa a media altura. Lo que vieron les heló la sangre.

Morgan había llegado a la Marea Negra. El capitán del barco fantasma – la cosa que una vez había sido William Drake – extendió una mano esquelética. Morgan la tomó sin dudarlo.

En el momento en que se tocaron, comenzó una transformación. El cuerpo de Morgan se contorsionó, su carne oscureciéndose, sus extremidades estirándose. Sus gritos de dolor rápidamente se convirtieron en sonidos que ninguna garganta humana debería hacer.

Abajo, los piratas restantes encontraron diversos destinos. Algunos fueron arrastrados bajo el agua negra. Otros fueron encerrados en hielo. Unos pocos lograron huir hacia la jungla, aunque Jack dudaba que encontraran seguridad allí.

"Necesitamos advertir al Tiburón Carmesí", dijo Jack. "Si alguna de esas cosas lo alcanza—"

"De acuerdo", respondió Elías. "El sendero continúa alrededor de la montaña. Si nos apresuramos, podríamos alcanzar el otro lado de la isla al anochecer".

Escalaron en desesperado silencio, los sonidos de destrucción desvaneciéndose detrás de ellos. La jungla estaba inquietantemente silenciosa, como si cada ser vivo hubiera huido o se hubiera escondido.

Al rodear el hombro de la montaña, Jack miró atrás una última vez. La Marea Negra se estaba moviendo, deslizándose silenciosamente por el agua hacia el mar abierto. Sus velas negras ahora parecían más llenas, más reales.

Y de pie en su timón había una figura que Jack reconoció con horror – el capitán Morgan, transformado pero aún reconocible, su ojo mecánico ahora un punto ardiente de fuego azul en un rostro que era apenas humano.

La Marea Negra había reclamado a otro capitán, otra tripulación. Y a juzgar por su rumbo, se dirigía directamente hacia el Tiburón Carmesí.

Chapter 8
The Black Tide Returns

They raced against time, following the treacherous mountain path as it wound around the peak. The sun was already low in the sky, casting long shadows across the strange landscape.

"If we can reach a high point," Elias panted, "we might be able to signal the ship with fire."

Jack nodded grimly, his legs burning with exhaustion. Anne led the way, moving with the agility of someone born to climbing. The path narrowed dangerously in places, forcing them to edge along cliff faces with dizzying drops below.

As they climbed higher, the fog began to thin. Through occasional breaks in the mist, Jack caught glimpses of the sea beyond the island—and there, anchored in the distant cove, the Crimson Shark waited, unaware of the danger heading its way.

"There!" Anne pointed to a jutting outcrop above them. "That should give us a clear view."

They scrambled up the last steep section, fingers bleeding from the sharp rocks. Finally, they reached the outcrop—a flat platform of stone thrust out from the mountainside like a giant's hand.

The view confirmed their fears. The Black Tide had already rounded the island's southern point, its impossible black sails billowing with unnatural wind. It cut through the water at terrifying speed, leaving a trail of darkness in its wake.

"We'll never reach the ship in time," Jack said, despair creeping into his voice.

Elias's face was grim. "Then we must signal them." He dumped the contents of his small pack—flint, a knife, bandages, and a flask of rum. "Gather anything that will burn. Quickly!"

They tore branches from the stunted trees that clung to the mountainside, piled them high, and soaked them with rum. Jack's hands shook as he struck the flint. Sparks flew, caught, and flames leapt up—bright orange against the darkening sky.

"Wave something!" Anne commanded, stripping off her jacket and using it as a flag.

Jack and Elias followed suit, frantically signaling to the distant ship. For agonizing minutes, there was no response.

"They don't see us," Jack groaned.

Then—a flash from the Crimson Shark. A lantern, raised and lowered three times. They had been spotted.

"They need to flee," Elias said urgently. "Now!"

But it was already too late. The Black Tide had changed course, heading directly for the pirate ship. Even from this distance, Jack could see activity on the Crimson Shark's deck as the remaining crew spotted the approaching vessel.

"They're raising anchor," Anne observed. "Unfurling the sails."

"They'll never outrun it," Elias said softly.

They watched in helpless horror as the supernatural ship closed the distance. The fog thickened around both vessels, obscuring the details of what followed. But the sounds carried clearly across the water—wood splintering, men screaming, and a terrible, triumphant howl that was barely human.

When the fog briefly parted, Jack saw that the Black Tide had come alongside the Crimson Shark. Dark figures swarmed across, moving with unnatural speed. The pirates fought bravely, but their blades and bullets seemed to pass harmlessly through their shadowy attackers.

"Morgan," Anne whispered. "He's leading them."

Indeed, at the center of the slaughter stood a twisted figure that had once been Captain Morgan. His mechanical eye blazed with blue fire as he directed the assault, pointing out victims for his spectral crew.

"We can't help them," Elias said, placing a hand on Jack's shoulder. "We must think of our own survival now."

Jack tore his gaze away from the massacre, his heart sick. "What do we do?"

"The chest," Anne said suddenly. "It's the source of their power. If we can somehow reseal it—"

"How?" Jack demanded. "It's with them, on the ship."

Anne shook her head. "The chest is just a container. The power that was inside it—that darkness—is what transformed the crew. The chest itself might still be where we left it, on the beach."

"And if it is?" Elias asked. "What then?"

"I don't know exactly," Anne admitted. "But when I touched the dagger, I saw... flashes. The chest was sealed with more than just wood and metal. There were words, symbols of binding."

"So we find the chest, somehow seal it again, and hope that draws the darkness back?" Jack couldn't keep the skepticism from his voice.

"Do you have a better plan?" Anne challenged.

Jack had none. They watched in silence as the fog closed completely around the two ships. When it cleared minutes later, both vessels were moving, sailing in formation toward the open sea.

"They've taken the Crimson Shark," Elias said gravely.

"And its crew," Jack added, thinking of the men who had become his comrades, however briefly.

Night was falling rapidly. The temperature dropped, and a cold wind began to blow from the sea.

"We can't stay here," Elias decided. "We need shelter, and tomorrow we'll head for the cove where we first saw the Black Tide."

They made their way down from the outcrop, finding a shallow cave to shelter in for the night. None slept well, haunted by the sounds of dying men and the image of Morgan's transformed face.

Dawn broke with unnatural swiftness, as if the island itself was impatient. They ate the last of their provisions and began the long trek back to the hidden cove.

The island seemed different now—emptier, as if the very life had been drained from it. No birds called. No insects buzzed. Even the plant life appeared withered, drained of color.

"The island is dying," Elias observed. "Or perhaps returning to sleep."

It took most of the day to navigate back to the cove. As they crested the final ridge, Jack's heart sank. The beach below was empty—no chest, no bodies, not even footprints in the black sand.

"It's gone," he said.

"No," Anne replied, pointing. "Look."

At the water's edge, barely visible, was a dark object half-buried in the sand. They scrambled down to investigate.

It was the chest—splintered and broken where Morgan had forced it open with the dagger. Black water lapped at its edges, as if trying to reclaim it.

"The dagger is gone," Anne noted. "Morgan took it."

"Can it be sealed without it?" Jack asked.

Anne examined the damaged wood carefully. "The chest itself isn't important—it's just a vessel. The symbols are what matter." She traced the strange carvings with her fingertips. "These are words of binding, of containment. If we could recreate them..."

"With what?" Jack gestured around them. "We have nothing to write with, no tools."

Elias had been silent, studying the horizon. Now he spoke, his voice tight. "We may not have that luxury anyway. Look."

Jack followed his gaze. On the horizon, two ships approached—the Black Tide and the captured Crimson Shark, returning to the island.

"They're coming back," Jack whispered. "Why?"

"For us," Anne said grimly. "We're unfinished business."

"Or for this," Elias suggested, nodding at the broken chest. "Perhaps their transformation is not complete without it."

"Then we destroy it," Jack decided. "Burn it to ashes."

"No!" Anne grabbed his arm. "That might release whatever binding power remains. We need to repair it, not destroy it."

"With what?" Jack demanded again, panic rising in his voice.

Anne looked at him with sudden intensity. "Blood," she said. "The symbols were originally drawn in blood. I saw it when I touched the dagger."

Elias nodded slowly. "Blood magic. Ancient and powerful."

"You want us to redraw these symbols in our own blood?" Jack asked incredulously.

"Do you have a better idea?" Anne challenged again.

Jack didn't. The ships were approaching rapidly, perhaps an hour from shore.

"We need a sharp edge," Elias said, practical as always.

They searched frantically, finally finding a jagged piece of obsidian among the rocks. It would serve as a crude knife.

"I'll do it," Anne volunteered, taking the obsidian. Without hesitation, she drew it across her palm. Blood welled, bright red against her pale skin.

"Show me where," she instructed Jack.

Together, they identified the broken symbols on the chest's surface. Anne carefully retraced them with her blood, her face tight with concentration. When her wound began to clot, she reopened it, continuing her grim work.

"The lid," Elias reminded them. "It needs to be closed somehow."

The lid had been splintered beyond repair when Morgan forced it open. Jack searched desperately for something to serve as a replacement.

"Here," he called, dragging a flat piece of driftwood from further up the beach. "This might work."

They positioned it over the opening. Anne drew the final symbols across it, connecting them to those on the chest's sides.

"What now?" Jack asked. "How do we activate it?"

Anne hesitated. "I don't know exactly. The vision didn't show me that part."

The ships were close now, perhaps half an hour from shore. On their decks, dark figures moved with unnatural purpose.

"There were words," Anne remembered suddenly. "A phrase repeated as the chest was sealed." She closed her eyes, concentrating. "Something like... 'Bound by blood, contained by will, return to darkness, time stand still.'"

"That's it?" Jack asked. "That doesn't sound very... magical."

"It's not the exact wording that matters," Elias said. "It's the intent. The sacrifice." He looked at his own hands, then at Jack and Anne. "Blood freely given, with the purpose of binding darkness."

Understanding dawned on Jack. "All of us," he said. "We all need to give blood."

Elias nodded. "And speak the words together."

They took turns with the obsidian, each cutting their palms, letting their blood drip onto the sealed chest. Then, hands clasped together over the wooden box, they spoke Anne's remembered phrase in unison:

"Bound by blood, contained by will, return to darkness, time stand still."

For a moment, nothing happened. Then the blood began to move, flowing along the carved symbols, filling them with crimson light. The chest trembled beneath their hands.

Out on the water, something changed. The Black Tide suddenly heeled over, as if struck by a massive wave. Even at this distance, they could hear inhuman screams of rage and pain.

"It's working," Anne whispered.

The blood-filled symbols pulsed with increasing brightness. The air around the chest rippled, distorted.

"Look!" Jack pointed to the water.

Darkness was flowing across the surface—not shadow, but the same liquid blackness that had erupted from the chest when Morgan opened it. It streamed toward the shore in unnatural currents, drawn to the chest like metal to a magnet.

"Back away," Elias warned. "Don't touch it."

They scrambled back as the darkness reached the shore, flowing up the sand toward the chest. It surrounded the wooden box, then began pouring into it through every crack and seam.

On the water, chaos had engulfed both ships. The Black Tide listed heavily to one side, its masts swaying drunkenly. The

Crimson Shark was turning in tight circles, as if its helmsman had lost control.

The flow of darkness continued for minutes that felt like hours. Finally, the last of it disappeared into the chest. The blood-drawn symbols flared one last time, then hardened into what looked like red-black metal, sealing the chest completely.

Silence fell. The three companions looked at each other in disbelief.

"Did we do it?" Jack asked cautiously.

As if in answer, a terrible scream came from the Black Tide—a cry of such rage and loss that it made Jack's bones ache. A figure stood at its bow, arms raised in defiance. Even at this distance, Jack recognized the blazing blue eye.

Morgan.

"He's fighting it," Anne said. "The binding is pulling at him, but he's resisting."

"He has the dagger," Elias reminded them. "It must give him some protection."

The figure that had been Morgan suddenly leapt from the Black Tide's bow, an impossible jump that carried him all the way to the Crimson Shark. He disappeared below decks.

"What's he doing?" Jack wondered.

They soon found out. The Crimson Shark's gun ports opened, and cannons rolled out.

"He's going to bombard the beach," Elias realized. "Destroy the chest!"

"Take cover!" Jack shouted, pulling Anne toward the rocks.

The first cannon shot fell short, sending up a geyser of black sand fifty yards out. The second was closer. The third struck just yards from the chest, showering it with sand and debris.

"We can't let them hit it," Anne cried. "If it breaks open again—"

Her words were cut off by another cannon blast, this one striking directly in front of the chest. When the sand settled, they saw that the impact had half-buried the box, but it remained intact.

The bombardment continued, shots landing all around but somehow missing the chest itself, as if it were protected.

"The symbols," Elias observed. "They're creating some kind of shield."

But how long would it last? The Crimson Shark was adjusting its aim, finding the range.

Then, something strange happened to the Black Tide. Its black sails, which had been fully unfurled, suddenly collapsed. Its hull seemed to ripple, losing solidity. The crew on its decks—the shadowy, transformed pirates—began to dissolve, like smoke in a strong wind.

"The binding is winning," Anne said. "Without the power from the chest, they can't maintain their form."

The bombardment from the Crimson Shark grew more frantic, less accurate. Morgan must have realized he was running out of time.

And then, with a sound like a thousand voices screaming in unison, the Black Tide simply disintegrated. One moment it was there, a terrifying ghost ship; the next, it collapsed into the sea like a mirage dissolving.

On the Crimson Shark, confusion reigned. The cannons fell silent. Through his father's spyglass, Jack could see the remaining crew—those who had been on board when the Black Tide attacked—emerging from below decks, looking around in bewilderment.

"They're free," he said. "The spell is broken."

"Not completely," Anne cautioned, pointing.

A single figure remained at the Crimson Shark's helm—Morgan, or what remained of him. Even from shore, they could see that he was changing, shrinking, returning to something closer to human form. But the process seemed agonizing; he thrashed and convulsed, his inhuman screams carrying across the water.

"The dagger," Elias said suddenly. "It's still connected to the chest, to the power within it. As long as he has it—"

Morgan must have reached the same conclusion. With a final, terrible cry, he drew the dagger from his belt and hurled it toward the ocean depths.

The moment it left his hand, he collapsed to the deck. The transformation accelerated—his elongated limbs contracted, his distorted features reformed. When it was done, he lay still.

"Is he dead?" Jack wondered.

"Perhaps that would be mercy," Elias replied softly.

They watched as the crew cautiously approached their fallen captain. After a tense moment, they carried his motionless form below decks.

"What now?" Jack asked, looking at the half-buried chest.

"Now," Anne said grimly, "we make sure this never happens again."

Capítulo 8
El Retorno de la Marea Negra

Corrieron contra el tiempo, siguiendo el traicionero sendero de montaña mientras serpenteaba alrededor del pico. El sol ya estaba bajo en el cielo, proyectando largas sombras sobre el extraño paisaje.

"Si podemos alcanzar un punto alto", jadeó Elías, "quizás podamos hacer señales al barco con fuego".

Jack asintió sombríamente, sus piernas ardiendo de agotamiento. Anne lideraba el camino, moviéndose con la agilidad de alguien nacido para escalar. El sendero se estrechaba peligrosamente en algunos lugares, forzándolos a bordear caras de acantilados con vertiginosas caídas abajo.

A medida que subían más alto, la niebla comenzó a adelgazarse. A través de ocasionales brechas en la bruma, Jack captó vislumbres del mar más allá de la isla—y allí, anclado en la cala distante, el Tiburón Carmesí esperaba, inconsciente del peligro que se dirigía hacia él.

"¡Allí!", Anne señaló un saliente sobresaliente arriba de ellos. "Eso debería darnos una vista clara".

Treparon por la última sección empinada, dedos sangrando por las rocas afiladas. Finalmente, llegaron al saliente—una plataforma plana de piedra que sobresalía de la ladera de la montaña como la mano de un gigante.

La vista confirmó sus temores. La Marea Negra ya había rodeado el punto sur de la isla, sus imposibles velas negras hinchándose con viento antinatural. Cortaba el agua a una velocidad aterradora, dejando un rastro de oscuridad a su paso.

"Nunca llegaremos al barco a tiempo", dijo Jack, la desesperación entrando en su voz.

La cara de Elías era sombría. "Entonces debemos hacerles señales". Vació el contenido de su pequeña mochila—pedernal, un cuchillo, vendajes y un frasco de ron. "Recojan cualquier cosa que pueda arder. ¡Rápido!"

Arrancaron ramas de los árboles achaparrados que se aferraban a la ladera de la montaña, las apilaron alto y las empaparon con ron. Las manos de Jack temblaban mientras golpeaba el pedernal. Saltaron chispas, prendieron, y las llamas se elevaron—naranja brillante contra el cielo oscurecido.

"¡Agiten algo!", ordenó Anne, quitándose la chaqueta y usándola como bandera.

Jack y Elías la imitaron, señalando frenéticamente al barco distante. Durante minutos angustiosos, no hubo respuesta.

"No nos ven", gimió Jack.

Entonces—un destello desde el Tiburón Carmesí. Una linterna, levantada y bajada tres veces. Los habían visto.

"Necesitan huir", dijo Elías con urgencia. "¡Ahora!"

Pero ya era demasiado tarde. La Marea Negra había cambiado de rumbo, dirigiéndose directamente hacia el barco pirata. Incluso desde esta distancia, Jack podía ver actividad en la cubierta del Tiburón Carmesí mientras la tripulación restante avistaba el barco que se aproximaba.

"Están levando anclas", observó Anne. "Desplegando las velas".

"Nunca lo superarán en velocidad", dijo Elías suavemente.

Observaron con horror impotente mientras el barco sobrenatural acortaba la distancia. La niebla se espesó alrededor de ambos barcos, oscureciendo los detalles de lo que siguió. Pero los sonidos llegaban claramente a través del agua—madera astillándose, hombres gritando, y un terrible, triunfante aullido que era apenas humano.

Cuando la niebla se separó brevemente, Jack vio que la Marea Negra se había colocado junto al Tiburón Carmesí. Figuras oscuras invadían, moviéndose con velocidad antinatural. Los piratas luchaban valientemente, pero sus hojas y balas parecían atravesar inofensivamente a sus atacantes sombríos.

"Morgan", susurró Anne. "Él los está liderando".

En efecto, en el centro de la masacre estaba una figura retorcida que una vez había sido el Capitán Morgan. Su ojo mecánico ardía con fuego azul mientras dirigía el asalto, señalando víctimas para su tripulación espectral.

"No podemos ayudarlos", dijo Elías, colocando una mano en el hombro de Jack. "Debemos pensar en nuestra propia supervivencia ahora".

Jack apartó la mirada de la masacre, con el corazón enfermo. "¿Qué hacemos?"

"El cofre", dijo Anne de repente. "Es la fuente de su poder. Si de alguna manera podemos resellarlo—"

"¿Cómo?", exigió Jack. "Está con ellos, en el barco".

Anne sacudió la cabeza. "El cofre es solo un contenedor. El poder que estaba dentro—esa oscuridad—es lo que transformó a la tripulación. El cofre mismo podría seguir donde lo dejamos, en la playa".

"¿Y si es así?", preguntó Elías. "¿Qué entonces?"

"No lo sé exactamente", admitió Anne. "Pero cuando toqué la daga, vi... destellos. El cofre estaba sellado con más que solo madera y metal. Había palabras, símbolos de atadura".

"¿Así que encontramos el cofre, de alguna manera lo sellamos de nuevo, y esperamos que atraiga la oscuridad de vuelta?", Jack no pudo mantener el escepticismo fuera de su voz.

"¿Tienes un mejor plan?", desafió Anne.

Jack no tenía ninguno. Observaron en silencio mientras la niebla se cerraba completamente alrededor de los dos barcos. Cuando se despejó minutos después, ambos barcos se movían, navegando en formación hacia el mar abierto.

"Han tomado el Tiburón Carmesí", dijo Elías gravemente.

"Y su tripulación", añadió Jack, pensando en los hombres que se habían convertido en sus camaradas, aunque brevemente.

La noche caía rápidamente. La temperatura bajó, y un viento frío comenzó a soplar desde el mar.

"No podemos quedarnos aquí", decidió Elías. "Necesitamos refugio, y mañana nos dirigiremos a la cala donde vimos por primera vez la Marea Negra".

Descendieron del saliente, encontrando una cueva poco profunda para refugiarse durante la noche. Ninguno durmió bien, perseguidos por los sonidos de hombres muriendo y la imagen del rostro transformado de Morgan.

El amanecer irrumpió con rapidez antinatural, como si la isla misma estuviera impaciente. Comieron lo último de sus provisiones y comenzaron el largo viaje de regreso a la cala escondida.

La isla parecía diferente ahora—más vacía, como si la vida misma hubiera sido drenada de ella. Ningún pájaro llamaba. Ningún insecto zumbaba. Incluso la vida vegetal parecía marchitada, drenada de color.

"La isla está muriendo", observó Elías. "O quizás volviendo a dormir".

Tomó la mayor parte del día navegar de regreso a la cala. Cuando coronaron la cresta final, el corazón de Jack se hundió. La playa abajo estaba vacía—sin cofre, sin cuerpos, ni siquiera huellas en la arena negra.

"Se ha ido", dijo.

"No", respondió Anne, señalando. "Mira".

En la orilla del agua, apenas visible, había un objeto oscuro medio enterrado en la arena. Bajaron apresuradamente para investigar.

Era el cofre—astillado y roto donde Morgan lo había forzado a abrirse con la daga. Agua negra lamía sus bordes, como tratando de reclamarlo.

"La daga se ha ido", notó Anne. "Morgan la tomó".

"¿Se puede sellar sin ella?", preguntó Jack.

Anne examinó cuidadosamente la madera dañada. "El cofre mismo no es importante—es solo un recipiente. Los símbolos son lo que importa". Trazó los extraños tallados con sus dedos. "Estas son palabras de atadura, de contención. Si pudiéramos recrearlas..."

"¿Con qué?", Jack gesticuló a su alrededor. "No tenemos nada con qué escribir, ni herramientas".

Elías había estado en silencio, estudiando el horizonte. Ahora habló, su voz tensa. "Puede que no tengamos ese lujo de todos modos. Miren".

Jack siguió su mirada. En el horizonte, dos barcos se acercaban—la Marea Negra y el capturado Tiburón Carmesí, regresando a la isla.

"Están volviendo", susurró Jack. "¿Por qué?"

"Por nosotros", dijo Anne sombríamente. "Somos asuntos pendientes".

"O por esto", sugirió Elías, asintiendo hacia el cofre roto. "Quizás su transformación no está completa sin él".

"Entonces lo destruimos", decidió Jack. "Lo quemamos hasta convertirlo en cenizas".

"¡No!", Anne agarró su brazo. "Eso podría liberar cualquier poder de atadura que quede. Necesitamos repararlo, no destruirlo".

"¿Con qué?", exigió Jack nuevamente, el pánico elevándose en su voz.

Anne lo miró con repentina intensidad. "Sangre", dijo. "Los símbolos fueron originalmente dibujados con sangre. Lo vi cuando toqué la daga".

Elías asintió lentamente. "Magia de sangre. Antigua y poderosa".

"¿Quieres que redibujemos estos símbolos con nuestra propia sangre?", preguntó Jack incrédulamente.

"¿Tienes una mejor idea?", desafió Anne de nuevo.

Jack no la tenía. Los barcos se acercaban rápidamente, quizás a una hora de la costa.

"Necesitamos un borde afilado", dijo Elías, práctico como siempre.

Buscaron frenéticamente, finalmente encontrando un trozo dentado de obsidiana entre las rocas. Serviría como un cuchillo rudimentario.

"Lo haré yo", se ofreció Anne, tomando la obsidiana. Sin dudar, la pasó por la palma de su mano. La sangre brotó, rojo brillante contra su piel pálida.

"Muéstrame dónde", instruyó a Jack.

Juntos, identificaron los símbolos rotos en la superficie del cofre. Anne cuidadosamente los trazó nuevamente con su sangre, su rostro tenso con concentración. Cuando su herida comenzó a coagularse, la reabrió, continuando su sombrío trabajo.

"La tapa", les recordó Elías. "Necesita ser cerrada de alguna manera".

La tapa había sido astillada más allá de la reparación cuando Morgan la forzó a abrirse. Jack buscó desesperadamente algo que sirviera como reemplazo.

"Aquí", llamó, arrastrando un trozo plano de madera de deriva desde más arriba en la playa. "Esto podría funcionar".

Lo posicionaron sobre la apertura. Anne dibujó los símbolos finales a través de él, conectándolos con los de los lados del cofre.

"¿Y ahora qué?", preguntó Jack. "¿Cómo lo activamos?"

Anne dudó. "No lo sé exactamente. La visión no me mostró esa parte".

Los barcos estaban cerca ahora, quizás a media hora de la costa. En sus cubiertas, figuras oscuras se movían con propósito antinatural.

"Había palabras", recordó Anne de repente. "Una frase repetida mientras el cofre era sellado". Cerró los ojos, concentrándose. "Algo como... 'Atado por sangre, contenido por voluntad, regresa a la oscuridad, tiempo detente'".

"¿Eso es todo?", preguntó Jack. "No suena muy... mágico".

"No es la redacción exacta lo que importa", dijo Elías. "Es la intención. El sacrificio". Miró sus propias manos, luego a Jack y Anne. "Sangre libremente dada, con el propósito de atar la oscuridad".

La comprensión amaneció en Jack. "Todos nosotros", dijo. "Todos necesitamos dar sangre".

Elías asintió. "Y pronunciar las palabras juntos".

Se turnaron con la obsidiana, cada uno cortando sus palmas, dejando que su sangre goteara sobre el cofre sellado. Luego, con las manos unidas sobre la caja de madera, pronunciaron la frase recordada por Anne al unísono:

"Atado por sangre, contenido por voluntad, regresa a la oscuridad, tiempo detente".

Por un momento, nada sucedió. Luego la sangre comenzó a moverse, fluyendo a lo largo de los símbolos tallados, llenándolos con luz carmesí. El cofre tembló bajo sus manos.

En el agua, algo cambió. La Marea Negra de repente se escoró, como si fuera golpeada por una ola masiva. Incluso a esta distancia, podían oír gritos inhumanos de rabia y dolor.

"Está funcionando", susurró Anne.

Los símbolos llenos de sangre pulsaban con creciente brillo. El aire alrededor del cofre ondulaba, distorsionado.

"¡Miren!", Jack señaló al agua.

La oscuridad fluía a través de la superficie—no sombra, sino la misma negrura líquida que había erupcionado del cofre cuando Morgan lo abrió. Corría hacia la costa en corrientes antinaturales, atraída al cofre como metal a un imán.

"Retrocedan", advirtió Elías. "No la toquen".

Retrocedieron mientras la oscuridad alcanzaba la costa, fluyendo sobre la arena hacia el cofre. Rodeó la caja de madera, luego comenzó a verterse dentro a través de cada grieta y costura.

En el agua, el caos había envuelto a ambos barcos. La Marea Negra se escoraba pesadamente hacia un lado, sus mástiles balanceándose borrachamente. El Tiburón Carmesí giraba en círculos cerrados, como si su timonel hubiera perdido el control.

El flujo de oscuridad continuó durante minutos que se sintieron como horas. Finalmente, lo último de ella desapareció en el cofre. Los símbolos dibujados con sangre brillaron una última vez, luego se endurecieron en lo que parecía metal rojo-negro, sellando el cofre completamente.

Cayó el silencio. Los tres compañeros se miraron incrédulos.

"¿Lo logramos?", preguntó Jack cautelosamente.

Como en respuesta, un terrible grito vino de la Marea Negra—un alarido de tal rabia y pérdida que hizo doler los huesos de Jack. Una figura estaba de pie en su proa, brazos alzados en desafío. Incluso a esta distancia, Jack reconoció el ardiente ojo azul.

Morgan.

"Está luchando contra ello", dijo Anne. "La atadura tira de él, pero está resistiendo".

"Tiene la daga", les recordó Elías. "Debe darle alguna protección".

La figura que había sido Morgan de repente saltó desde la proa de la Marea Negra, un salto imposible que lo llevó hasta el Tiburón Carmesí. Desapareció bajo cubierta.

"¿Qué está haciendo?", se preguntó Jack.

Pronto lo descubrieron. Las troneras del Tiburón Carmesí se abrieron, y los cañones rodaron fuera.

"Va a bombardear la playa", se dio cuenta Elías. "¡Destruir el cofre!"

"¡Busquen cobertura!", gritó Jack, tirando de Anne hacia las rocas.

El primer disparo de cañón cayó corto, enviando un géiser de arena negra cincuenta yardas afuera. El segundo estuvo más cerca. El tercero golpeó a solo metros del cofre, cubriéndolo con arena y escombros.

"No podemos dejar que lo golpeen", gritó Anne. "Si se abre de nuevo—"

Sus palabras fueron cortadas por otra explosión de cañón, esta golpeando directamente frente al cofre. Cuando la arena se asentó, vieron que el impacto había medio enterrado la caja, pero permanecía intacta.

El bombardeo continuó, disparos aterrizando alrededor pero de alguna manera errando el cofre mismo, como si estuviera protegido.

"Los símbolos", observó Elías. "Están creando algún tipo de escudo".

Pero, ¿cuánto duraría? El Tiburón Carmesí estaba ajustando su puntería, encontrando el alcance.

Entonces, algo extraño le sucedió a la Marea Negra. Sus velas negras, que habían estado completamente desplegadas, de repente colapsaron. Su casco parecía ondular, perdiendo solidez. La tripulación en sus cubiertas—los piratas sombríos, transformados—comenzaron a disolverse, como humo en un viento fuerte.

"La atadura está ganando", dijo Anne. "Sin el poder del cofre, no pueden mantener su forma".

El bombardeo desde el Tiburón Carmesí se volvió más frenético, menos preciso. Morgan debía haber comprendido que se le acababa el tiempo.

Y entonces, con un sonido como mil voces gritando al unísono, la Marea Negra simplemente se desintegró. Un momento estaba allí, un aterrador barco fantasma; al siguiente, colapsó en el mar como un espejismo disolviéndose.

En el Tiburón Carmesí, reinaba la confusión. Los cañones callaron. A través del catalejo de su padre, Jack podía ver a la tripulación restante—aquellos que habían estado a bordo cuando la Marea Negra atacó—emergiendo de bajo cubierta, mirando alrededor desconcertados.

"Están libres", dijo. "El hechizo está roto".

"No completamente", advirtió Anne, señalando.

Una sola figura permanecía en el timón del Tiburón Carmesí—Morgan, o lo que quedaba de él. Incluso desde la costa, podían ver que estaba cambiando, encogiéndose, volviendo a algo más cercano a la forma humana. Pero el proceso parecía agonizante; se retorcía y convulsionaba, sus gritos inhumanos llevándose a través del agua.

"La daga", dijo Elías repentinamente. "Todavía está conectada al cofre, al poder dentro de él. Mientras la tenga—"

Morgan debía haber llegado a la misma conclusión. Con un último, terrible grito, sacó la daga de su cinturón y la arrojó hacia las profundidades del océano.

En el momento en que dejó su mano, él colapsó en la cubierta. La transformación se aceleró—sus miembros alargados se contrajeron, sus rasgos distorsionados se reformaron. Cuando terminó, yacía inmóvil.

"¿Está muerto?", se preguntó Jack.

"Quizás eso sería misericordia", respondió Elías suavemente.

Observaron mientras la tripulación cautelosamente se acercaba a su caído capitán. Después de un tenso momento, llevaron su forma inmóvil bajo cubierta.

"¿Y ahora qué?", preguntó Jack, mirando el cofre medio enterrado.

"Ahora", dijo Anne sombríamente, "nos aseguramos de que esto nunca vuelva a suceder".

Chapter 9
The Treasure's Curse

They waited until a longboat was launched from the Crimson Shark, carrying several crew members toward shore. Jack recognized the boatswain among them, his weathered face haggard with exhaustion.

"Survivors!" the man called as they rowed closer. "Thank the gods!"

The reunion was a mixture of joy and sorrow. Only a third of the original crew remained—those who had stayed aboard while Morgan led the expedition inland. They had watched in horror as their shipmates returned changed, monstrous, under Morgan's command.

"They weren't... human anymore," the boatswain, Davies, explained as they sat on the beach. "Their eyes—black as pitch. Their hands like claws. And the captain..." He shuddered. "Half machine, half nightmare."

"What of Morgan now?" Elias asked.

Davies looked grim. "Alive, but barely. He's changed back mostly, but his skin is gray, cold. The mechanical eye has fused completely with his skull. He hasn't spoken, just lies there, staring at nothing."

"And the other transformed crew?" Anne pressed.

"Gone," Davies said, making a gesture to ward off evil. "When that ghost ship fell apart, they just... dissolved. Like they were made of smoke."

Jack looked at the chest, still half-buried in the sand. "We need to deal with that."

Davies followed his gaze, his expression darkening. "The cursed treasure? Throw it into the deepest part of the ocean, I say."

"It's not a treasure," Anne corrected. "At least, not gold or jewels. It's something older, darker. And simply throwing it away won't solve anything."

"What then?" the boatswain demanded.

Elias had been silent, thoughtful. Now he spoke. "The cave where we found it. It was a place of containment, specially prepared. The altar, the symbols—all designed to keep whatever is in that chest imprisoned."

"So we return it," Jack concluded.

"Won't be easy," Davies warned. "The current around the island has changed—grown stronger, more treacherous. It's all we can do to keep the ship anchored safely."

"The island wants the chest back," Anne said softly. "It's pulling at it."

They formed a plan. The chest would be loaded onto the longboat and taken to the hidden cove. From there, Jack, Anne, and Elias would carry it back to the Cave of Echoes.

"What about Morgan?" Jack asked.

Davies shrugged. "He's your problem now. The crew won't have him as captain anymore, not after what happened."

"And the Crimson Shark?" Elias inquired.

"She needs a new captain," Davies admitted. "Someone the crew respects." He looked meaningfully at Elias.

The quartermaster seemed taken aback. "Me? I am no pirate captain."

"You're the only officer left," Davies pointed out. "And you kept your head when hell itself came for us. The men will follow you."

Elias considered this, then nodded slowly. "Until we reach a proper port, at least."

With that decided, they carefully excavated the chest from the sand. It felt heavier than before, as if the darkness inside had gained weight. The blood-drawn symbols remained, now looking like inlays of some strange red-black metal.

They loaded it into the longboat and rowed to the hidden cove, fighting against currents that seemed determined to push them away from the island. By the time they reached shore, every man was exhausted.

"We'll take it from here," Elias told the crew. "Return to the ship and prepare to sail as soon as we return."

"And if you don't return?" Davies asked bluntly.

"Then sail anyway," Elias replied. "And never speak of this island to anyone."

The crew needed no further encouragement. They pushed off quickly, eager to be away from the cursed shore.

That left Jack, Anne, and Elias with the chest—and the unconscious form of Captain Morgan, whom they had brought ashore at Elias's insistence.

"Why bring him?" Jack had asked. "After what he did—"

"He is our responsibility," Elias had replied simply. "We cannot judge him until we understand what drove him to this madness."

Now, as they prepared for the difficult journey back to the cave, Morgan stirred for the first time. His natural eye opened, while the mechanical one remained dark and lifeless.

"The chest," he croaked, his voice barely human. "Where is it?"

"Safe," Anne replied coldly. "Beyond your reach."

Morgan tried to laugh, but it emerged as a painful wheeze. "Nothing is beyond reach, girl. That's what I learned. There are no true boundaries between worlds, just... doors. Waiting to be opened."

"And you opened one you shouldn't have," Jack said.

Morgan's gaze shifted to him. "Storm's boy. You disappoint me. I thought you had ambition." He coughed, a rattling sound. "Did you know... your father sought the Black Tide too?"

Jack froze. "You're lying."

"Am I? Ask yourself why he vanished. Ask yourself why you've dreamed of black sails your whole life." Morgan's smile was terrible to behold. "It calls to those with the right... heritage."

"Enough," Elias interrupted. "Save your strength, Morgan. We have a long journey ahead."

They fashioned a crude stretcher for Morgan from branches and vines, then began the arduous trek back to the waterfall cave. The chest was carried between them, growing heavier with each step.

The island seemed to resist their progress. Paths that had been clear were now overgrown. Streams they had easily crossed were now raging torrents. Even the air felt thicker, harder to breathe.

"It doesn't want us to succeed," Anne observed as they rested briefly. "It wants the chest, but not returned to its prison."

"Or perhaps," Elias suggested, "it is not the island that resists us, but what lies within the chest."

Morgan laughed weakly from his stretcher. "You think... you understand? You know nothing. The power in that chest... could remake the world."

"It nearly unmade you," Jack reminded him.

They pressed on, fighting through increasingly hostile terrain. By nightfall, they had only covered half the distance to the cave.

"We need to stop," Jack said, his muscles burning with exhaustion. "Just for a few hours."

They found shelter in a small clearing, placing the chest at its center. No one suggested opening it, though Jack caught Morgan watching it with hungry eyes.

As they settled in for an uneasy rest, Jack found himself sitting beside Anne.

"Do you think Morgan was telling the truth?" he asked quietly. "About my father?"

Anne studied him in the fading light. "I don't know. But the Black Tide has called to many over the centuries. Its legend spreads like ripples on water, touching those sensitive to such things."

"Like you? Your father?"

She nodded. "My father was obsessed with maritime legends. The Flying Dutchman, the Mary Celeste... but especially the Black Tide. He said it wasn't just a ghost story, but a warning."

"A warning about what?"

"About doors that should remain closed." She glanced at the chest. "About powers older than humanity."

They fell silent, each lost in thought. Eventually, exhaustion overcame caution, and they slept.

Jack dreamed of ships with black sails, of voices calling his name from the depths of the ocean. He dreamed of his father standing at the helm of the Black Tide, his eyes hollow and dark, his hands reaching out in both welcome and warning.

He awoke with a strangled cry to find the clearing bathed in moonlight. Elias was on watch, sitting motionless by the chest. Anne slept fitfully nearby.

But Morgan's stretcher was empty.

Jack leapt to his feet. "Morgan's gone!"

Elias was already up, knife in hand. "He can't have gone far in his condition."

A sound from the jungle made them both turn. Something was moving through the undergrowth—not with the stealthy quiet of a man, but with the crashing determination of something no longer fully human.

"He's changing again," Anne said, now awake and alert. "Without the dagger to focus it, the darkness inside him is taking over."

"The chest," Jack remembered suddenly. "Is it—"

"Still here," Elias confirmed. "He's not after the chest. He's running from it."

"Or leading us away from it," Anne suggested.

They debated briefly, then decided to split up. Elias would remain with the chest, while Jack and Anne pursued Morgan.

The trail wasn't hard to follow—broken branches, disturbed earth, and occasionally, something dark and viscous that might have been blood. They tracked him to the base of a cliff, where the sign abruptly ended.

"He went up," Anne said, pointing to marks on the rock face.

They climbed cautiously, the moon providing just enough light to see handholds. At the top, they found a flat plateau—and Morgan.

He stood at the edge, looking out over the island toward the distant sea. His form was silhouetted against the night sky, but even in shadow, Jack could tell he had changed again. His proportions were wrong—arms too long, neck bent at an unnatural angle.

"Morgan," Jack called softly.

The figure turned. In the moonlight, his transformation was even more apparent. His skin had darkened to a grey-black color, stretched tight over elongated bones. The mechanical eye now glowed with a faint blue light.

"Not... Morgan... anymore," he rasped, his voice like stones grinding together. "Not... human."

"Fight it," Anne urged, stepping forward. "We can help you."

Morgan—or the thing he was becoming—laughed, a hollow sound. "No help... for me. The darkness... has marked me." He looked down at his hands, now twisted into something like claws. "But I can still... choose my end."

Before they could react, he stepped backward off the cliff edge.

Jack lunged forward, reaching the edge in time to see Morgan's body strike the rocks below. For a moment, it lay broken and still. Then, impossibly, it began to dissolve—not decaying, but unraveling, like smoke dispersing in wind.

"What's happening to him?" Jack whispered.

"The darkness is reclaiming its own," Anne replied softly. "Without the chest to contain it, it's returning to... wherever it came from."

They watched until nothing remained of Captain Morgan but a dark stain on the rocks. Then, silently, they made their way back to where Elias waited with the chest.

By dawn, they were moving again, pushing through the increasingly hostile jungle toward the waterfall cave. The chest seemed to grow heavier with each step, as if it knew its imprisonment was near.

Midday brought them to the base of the mountain. The path upward was now almost completely overgrown, forcing them to hack their way through dense vegetation.

"The island is fighting us," Jack grunted as he swung a makeshift machete. "It doesn't want the chest returned."

"Not the island," Elias corrected. "What's inside the chest. It senses its prison approaching."

By late afternoon, they finally reached the silent waterfall. It still fell in that unnatural, soundless way, the black water forming a perfect curtain.

"Now comes the hard part," Anne said grimly. "Getting through."

The pool at the base of the waterfall was as they remembered it—shallow, filled with that thick, oil-like black water. But now it bubbled and steamed, as if at a near boil.

"I'll go first," Elias decided, passing his end of the chest to Jack. "If it's safe, I'll call for you."

Before they could protest, he stepped into the pool. The water hissed where it touched him, but he continued forward, reaching the waterfall. He hesitated just a moment, then pushed through.

Silence followed.

"Elias?" Jack called after a minute had passed.

No answer.

"Something's wrong," Anne said, her face tight with worry.

They waited another minute, then two. Still no sign of Elias.

"We have to follow him," Jack decided. "Together. With the chest."

Anne nodded grimly.

They lifted the heavy chest between them and stepped into the pool. The water was hot now, almost scalding. It clung to their legs like tar, making each step an effort.

As they approached the waterfall, Jack felt a resistance—not physical, but something more fundamental, as if reality itself objected to their passage.

"Together," Anne said, meeting his eyes. "On three. One... two... three!"

They pushed forward. The waterfall parted reluctantly around them, the liquid feeling more solid than it should. For a moment, Jack thought they would be trapped within it, neither in nor out of the cave.

Then they were through, stumbling into the crystal-lit cavern beyond.

Elias was there, standing before the stone altar. He turned at their entrance, his face grave.

"The altar has changed," he said simply.

He was right. The stone pedestal was now covered in the same symbols that adorned the chest—those strange, shifting patterns that hurt the eyes to look at directly. But where the symbols on the chest were filled with blood-red metal, these glowed with an inner blue light.

"It's ready," Anne realized. "Ready to receive the chest again."

They approached cautiously. The scattered bones that had littered the floor were gone, as if the cave had cleaned itself in preparation.

"Place it on the altar," Elias instructed.

Together, they lifted the heavy chest and set it upon the stone. The moment it touched the surface, the symbols on both chest and altar flared brightly. The chest's lid, still that crude piece of driftwood sealed with their blood, began to tremble.

"Back away," Anne warned. "Quickly!"

They retreated to the cave entrance as the chest began to shake violently. The symbols on its surface pulsed in rhythm with those on the altar, faster and faster, like a heartbeat accelerating.

Then, without warning, both chest and altar exploded in blinding light. Jack shielded his eyes, feeling a wave of force wash over him—not physical, but something deeper, as if reality itself rippled around them.

When he could see again, the chest was gone. In its place was a perfect cube of what looked like black glass, featureless except for the symbols, now etched in lines of blue fire on each face.

"It's done," Elias said softly. "The binding is complete."

As if confirming his words, the waterfall behind them resumed its natural sound—the normal splash and roar of falling water. The crystals in the cave brightened, casting a more natural light.

"Let's get out of here," Jack suggested, feeling no desire to remain near the transformed chest.

They passed back through the waterfall, finding the water now clear and cool. The pool rippled normally. Even the air seemed fresher, as if a miasma had lifted from the island.

The journey back to the beach was remarkably easy. Paths that had been overgrown now appeared clearly. Streams that had been raging torrents were now easily fordable. It was as if the island, freed from the influence of the darkness, was helping them leave.

By nightfall, they reached the hidden cove. The Crimson Shark waited offshore, a lantern burning at its stern as a beacon.

"So it ends," Anne said, looking back at the mountain rising dark against the starlit sky.

"It ends," Elias agreed. "And begins anew."

Capítulo 9
La Maldición del Tesoro

Esperaron hasta que un bote auxiliar fuera lanzado desde el Tiburón Carmesí, transportando varios miembros de la tripulación hacia la costa. Jack reconoció al contramaestre entre ellos, su rostro curtido demacrado por el agotamiento.

"¡Sobrevivientes!", llamó el hombre mientras remaban más cerca. "¡Gracias a los dioses!"

La reunión fue una mezcla de alegría y tristeza. Solo un tercio de la tripulación original permanecía—aquellos que se habían quedado a bordo mientras Morgan lideraba la expedición tierra adentro. Habían observado con horror cómo sus compañeros regresaban cambiados, monstruosos, bajo el mando de Morgan.

"Ya no eran... humanos", explicó el contramaestre, Davies, mientras se sentaban en la playa. "Sus ojos—negros como la brea. Sus manos como garras. Y el capitán..." Se estremeció. "Mitad máquina, mitad pesadilla".

"¿Qué hay de Morgan ahora?", preguntó Elías.

Davies parecía sombrío. "Vivo, pero apenas. Ha vuelto a cambiar mayormente, pero su piel está gris, fría. El ojo mecánico se ha fusionado completamente con su cráneo. No ha hablado, solo yace ahí, mirando a la nada".

"¿Y la otra tripulación transformada?", presionó Anne.

"Desaparecida", dijo Davies, haciendo un gesto para alejar el mal. "Cuando ese barco fantasma se desintegró, simplemente... se disolvieron. Como si estuvieran hechos de humo".

Jack miró el cofre, todavía medio enterrado en la arena. "Necesitamos ocuparnos de eso".

Davies siguió su mirada, su expresión oscureciéndose. "¿El tesoro maldito? Arrojarlo a la parte más profunda del océano, digo yo".

"No es un tesoro", corrigió Anne. "Al menos, no oro ni joyas. Es algo más antiguo, más oscuro. Y simplemente tirarlo no resolverá nada".

"¿Entonces qué?", exigió el contramaestre.

Elías había estado silencioso, pensativo. Ahora habló. "La cueva donde lo encontramos. Era un lugar de contención, especialmente preparado. El altar, los símbolos—todo diseñado para mantener encerrado lo que sea que esté en ese cofre".

"Así que lo devolvemos", concluyó Jack.

"No será fácil", advirtió Davies. "La corriente alrededor de la isla ha cambiado—se ha vuelto más fuerte, más traicionera. Es todo lo que podemos hacer para mantener el barco anclado con seguridad".

"La isla quiere que el cofre regrese", dijo Anne suavemente. "Está tirando de él".

Formaron un plan. El cofre sería cargado en el bote auxiliar y llevado a la cala escondida. Desde allí, Jack, Anne y Elías lo llevarían de vuelta a la Cueva de los Ecos.

"¿Qué hay de Morgan?", preguntó Jack.

Davies se encogió de hombros. "Ahora es su problema. La tripulación no lo tendrá como capitán nunca más, no después de lo que sucedió".

"¿Y el Tiburón Carmesí?", inquirió Elías.

"Necesita un nuevo capitán", admitió Davies. "Alguien a quien la tripulación respete". Miró significativamente a Elías.

El contramaestre pareció sorprendido. "¿Yo? No soy un capitán pirata".

"Eres el único oficial que queda", señaló Davies. "Y mantuviste la cabeza cuando el infierno mismo vino por nosotros. Los hombres te seguirán".

Elías consideró esto, luego asintió lentamente. "Hasta que lleguemos a un puerto adecuado, al menos".

Con eso decidido, excavaron cuidadosamente el cofre de la arena. Se sentía más pesado que antes, como si la oscuridad en su interior hubiera ganado peso. Los símbolos dibujados con sangre permanecían, ahora pareciendo incrustaciones de algún extraño metal rojo-negro.

Lo cargaron en el bote auxiliar y remaron hacia la cala escondida, luchando contra corrientes que parecían determinadas a alejarlos de la isla. Para cuando llegaron a la orilla, cada hombre estaba exhausto.

"Nos encargaremos desde aquí", dijo Elías a la tripulación. "Regresen al barco y prepárense para zarpar tan pronto como regresemos".

"¿Y si no regresan?", preguntó Davies sin rodeos.

"Entonces zarpen de todos modos", respondió Elías. "Y nunca hablen de esta isla a nadie".

La tripulación no necesitó más aliento. Empujaron rápidamente, ansiosos por alejarse de la costa maldita.

Eso dejó a Jack, Anne y Elías con el cofre—y la forma inconsciente del Capitán Morgan, a quien habían traído a tierra por insistencia de Elías.

"¿Por qué traerlo?", había preguntado Jack. "Después de lo que hizo—"

"Es nuestra responsabilidad", había respondido Elías simplemente. "No podemos juzgarlo hasta entender qué lo llevó a esta locura".

Ahora, mientras se preparaban para el difícil viaje de regreso a la cueva, Morgan se agitó por primera vez. Su ojo natural se abrió, mientras el mecánico permanecía oscuro y sin vida.

"El cofre", graznó, su voz apenas humana. "¿Dónde está?"

"A salvo", respondió Anne fríamente. "Fuera de tu alcance".

Morgan intentó reír, pero emergió como un resoplido doloroso. "Nada está fuera de alcance, muchacha. Eso es lo que aprendí. No hay verdaderas fronteras entre mundos, solo... puertas. Esperando ser abiertas".

"Y tú abriste una que no debías", dijo Jack.

La mirada de Morgan se desplazó hacia él. "El hijo de Storm. Me decepcionas. Pensé que tenías ambición". Tosió, un sonido carrasposo. "¿Sabías que... tu padre también buscó la Marea Negra?"

Jack se quedó helado. "Estás mintiendo".

"¿Lo estoy? Pregúntate por qué desapareció. Pregúntate por qué has soñado con velas negras toda tu vida". La sonrisa de Morgan era terrible de contemplar. "Llama a aquellos con la... herencia adecuada".

"Suficiente", interrumpió Elías. "Ahorra tus fuerzas, Morgan. Tenemos un largo viaje por delante".

Fabricaron una camilla rudimentaria para Morgan con ramas y enredaderas, luego comenzaron el arduo viaje de regreso a la cueva de la cascada. El cofre era llevado entre ellos, volviéndose más pesado con cada paso.

La isla parecía resistir su progreso. Senderos que habían estado despejados ahora estaban cubiertos de vegetación. Arroyos que habían cruzado fácilmente ahora eran torrentes furiosos. Incluso el aire se sentía más espeso, más difícil de respirar.

"No quiere que tengamos éxito", observó Anne mientras descansaban brevemente. "Quiere el cofre, pero no devuelto a su prisión".

"O quizás", sugirió Elías, "no es la isla la que nos resiste, sino lo que yace dentro del cofre".

Morgan rio débilmente desde su camilla. "¿Creen... que entienden? No saben nada. El poder en ese cofre... podría rehacer el mundo".

"Casi te deshizo a ti", le recordó Jack.

Siguieron adelante, luchando a través de un terreno cada vez más hostil. Al anochecer, solo habían cubierto la mitad de la distancia a la cueva.

"Necesitamos detenernos", dijo Jack, sus músculos ardiendo de agotamiento. "Solo por unas horas".

Encontraron refugio en un pequeño claro, colocando el cofre en su centro. Nadie sugirió abrirlo, aunque Jack sorprendió a Morgan observándolo con ojos hambrientos.

Mientras se acomodaban para un descanso inquieto, Jack se encontró sentado junto a Anne.

"¿Crees que Morgan estaba diciendo la verdad?", preguntó en voz baja. "¿Sobre mi padre?"

Anne lo estudió en la luz menguante. "No lo sé. Pero la Marea Negra ha llamado a muchos a lo largo de los siglos. Su leyenda se extiende como ondas en el agua, tocando a aquellos sensibles a tales cosas".

"¿Como tú? ¿Tu padre?"

Ella asintió. "Mi padre estaba obsesionado con leyendas marítimas. El Holandés Errante, el Mary Celeste... pero especialmente la Marea Negra. Dijo que no era solo una historia de fantasmas, sino una advertencia".

"¿Una advertencia sobre qué?"

"Sobre puertas que deberían permanecer cerradas". Miró hacia el cofre. "Sobre poderes más antiguos que la humanidad".

Quedaron en silencio, cada uno perdido en sus pensamientos. Eventualmente, el agotamiento superó la precaución, y durmieron.

Jack soñó con barcos de velas negras, con voces llamando su nombre desde las profundidades del océano. Soñó con su padre de pie en el timón de la Marea Negra, sus ojos huecos y oscuros, sus manos extendidas en bienvenida y advertencia.

Despertó con un grito ahogado para encontrar el claro bañado en luz de luna. Elías estaba de guardia, sentado inmóvil junto al cofre. Anne dormía intranquilamente cerca.

Pero la camilla de Morgan estaba vacía.

Jack saltó a sus pies. "¡Morgan ha desaparecido!"

Elías ya estaba de pie, cuchillo en mano. "No puede haber ido lejos en su condición".

Un sonido de la jungla los hizo voltear a ambos. Algo se movía a través de la maleza—no con la sigilosa quietud de un hombre, sino con la determinación atronadora de algo que ya no era completamente humano.

"Está cambiando de nuevo", dijo Anne, ahora despierta y alerta. "Sin la daga para enfocarlo, la oscuridad dentro de él está tomando el control".

"El cofre", recordó Jack de repente. "¿Está—"

"Todavía aquí", confirmó Elías. "No va tras el cofre. Está huyendo de él".

"O llevándonos lejos de él", sugirió Anne.

Debatieron brevemente, luego decidieron separarse. Elías permanecería con el cofre, mientras Jack y Anne perseguían a Morgan.

El rastro no era difícil de seguir—ramas rotas, tierra revuelta, y ocasionalmente, algo oscuro y viscoso que podría haber sido sangre. Lo rastrearon hasta la base de un acantilado, donde la señal terminaba abruptamente.

"Subió", dijo Anne, señalando marcas en la cara de la roca.

Treparon con cautela, la luna proporcionando apenas suficiente luz para ver agarraderas. En la cima, encontraron una meseta plana—y a Morgan.

Estaba de pie al borde, mirando sobre la isla hacia el mar distante. Su forma se perfilaba contra el cielo nocturno, pero incluso en la sombra, Jack podía decir que había cambiado de nuevo. Sus proporciones estaban mal—brazos demasiado largos, cuello doblado en un ángulo antinatural.

"Morgan", llamó Jack suavemente.

La figura se volvió. A la luz de la luna, su transformación era aún más aparente. Su piel se había oscurecido a un color gris-negro, estirada sobre huesos alargados. El ojo mecánico ahora brillaba con una tenue luz azul.

"Ya no... Morgan...", raspó, su voz como piedras moliéndose. "No... humano".

"Lucha contra ello", instó Anne, dando un paso adelante. "Podemos ayudarte".

Morgan—o la cosa en que se estaba convirtiendo—rio, un sonido hueco. "No hay ayuda... para mí. La oscuridad... me ha marcado". Miró sus manos, ahora retorcidas en algo como garras. "Pero todavía puedo... elegir mi fin".

Antes de que pudieran reaccionar, dio un paso atrás desde el borde del acantilado.

Jack se abalanzó hacia adelante, llegando al borde a tiempo para ver el cuerpo de Morgan golpear las rocas abajo. Por un momento, yació roto e inmóvil. Luego, imposiblemente, comenzó a disolverse—no descomponiéndose, sino desenredándose, como humo dispersándose en el viento.

"¿Qué le está pasando?", susurró Jack.

"La oscuridad está reclamando lo suyo", respondió Anne suavemente. "Sin el cofre para contenerla, está regresando a... donde sea que vino".

Observaron hasta que nada quedó del Capitán Morgan excepto una mancha oscura en las rocas. Luego, silenciosamente, regresaron a donde Elías esperaba con el cofre.

Al amanecer, se movían de nuevo, abriéndose paso a través de la jungla cada vez más hostil hacia la cueva de la cascada. El cofre parecía volverse más pesado con cada paso, como si supiera que su encarcelamiento estaba cerca.

El mediodía los llevó a la base de la montaña. El camino hacia arriba estaba ahora casi completamente cubierto de vegetación, forzándolos a abrirse paso a través de densa vegetación.

"La isla está luchando contra nosotros", gruñó Jack mientras balanceaba un machete improvisado. "No quiere que el cofre sea devuelto".

"No la isla", corrigió Elías. "Lo que está dentro del cofre. Siente que su prisión se acerca".

Al final de la tarde, finalmente llegaron a la silenciosa cascada. Todavía caía de esa manera antinatural, sin sonido, el agua negra formando una cortina perfecta.

"Ahora viene la parte difícil", dijo Anne sombríamente. "Atravesarla".

El estanque en la base de la cascada era como lo recordaban— poco profundo, lleno de esa espesa agua negra parecida al aceite. Pero ahora burbujeaba y humeaba, como si estuviera a punto de hervir.

"Iré primero", decidió Elías, pasando su extremo del cofre a Jack. "Si es seguro, los llamaré".

Antes de que pudieran protestar, entró en el estanque. El agua siseó donde lo tocó, pero él continuó adelante, llegando a la cascada. Dudó solo un momento, luego atravesó.

Siguió el silencio.

"¿Elías?", llamó Jack después de que pasó un minuto.

Sin respuesta.

"Algo está mal", dijo Anne, su rostro tenso de preocupación.

Esperaron otro minuto, luego dos. Todavía sin señal de Elías.

"Tenemos que seguirlo", decidió Jack. "Juntos. Con el cofre".

Anne asintió sombríamente.

Levantaron el pesado cofre entre ellos y entraron en el estanque. El agua estaba caliente ahora, casi abrasadora. Se adhería a sus piernas como alquitrán, haciendo que cada paso fuera un esfuerzo.

A medida que se acercaban a la cascada, Jack sintió una resistencia—no física, sino algo más fundamental, como si la realidad misma objetara su paso.

"Juntos", dijo Anne, encontrando sus ojos. "A la cuenta de tres. Uno... dos... ¡tres!"

Empujaron hacia adelante. La cascada se separó reluctantemente alrededor de ellos, el líquido sintiéndose más sólido de lo que debería. Por un momento, Jack pensó que quedarían atrapados dentro de ella, ni dentro ni fuera de la cueva.

Luego la atravesaron, tambaleándose hacia la caverna iluminada por cristales.

Elías estaba allí, de pie ante el altar de piedra. Se volvió ante su entrada, su rostro grave.

"El altar ha cambiado", dijo simplemente.

Tenía razón. El pedestal de piedra estaba ahora cubierto con los mismos símbolos que adornaban el cofre—esos extraños patrones cambiantes que dolían a los ojos mirarlos directamente. Pero donde los símbolos en el cofre estaban llenos de metal rojo sangre, estos brillaban con una luz azul interna.

"Está listo", se dio cuenta Anne. "Listo para recibir el cofre de nuevo".

Se acercaron con cautela. Los huesos dispersos que habían cubierto el suelo habían desaparecido, como si la cueva se hubiera limpiado en preparación.

"Colóquenlo en el altar", instruyó Elías.

Juntos, levantaron el pesado cofre y lo colocaron sobre la piedra. En el momento en que tocó la superficie, los símbolos tanto en el cofre como en el altar brillaron intensamente. La tapa del cofre, todavía ese trozo tosco de madera de deriva sellado con su sangre, comenzó a temblar.

"Retrocedan", advirtió Anne. "¡Rápido!"

Se retiraron a la entrada de la cueva mientras el cofre comenzaba a sacudirse violentamente. Los símbolos en su superficie pulsaban en ritmo con los del altar, más y más rápido, como un latido acelerándose.

Luego, sin advertencia, tanto el cofre como el altar explotaron en una luz cegadora. Jack protegió sus ojos, sintiendo una ola de fuerza lavándolo—no física, sino algo más profundo, como si la realidad misma ondulara a su alrededor.

Cuando pudo ver de nuevo, el cofre había desaparecido. En su lugar había un cubo perfecto de lo que parecía vidrio negro, sin rasgos excepto por los símbolos, ahora grabados en líneas de fuego azul en cada cara.

"Está hecho", dijo Elías suavemente. "La atadura está completa".

Como confirmando sus palabras, la cascada detrás de ellos reanudó su sonido natural—el normal chapoteo y rugido de agua cayendo. Los cristales en la cueva se iluminaron, proyectando una luz más natural.

"Salgamos de aquí", sugirió Jack, sin sentir deseo de permanecer cerca del cofre transformado.

Pasaron de nuevo a través de la cascada, encontrando el agua ahora clara y fresca. El estanque ondulaba normalmente. Incluso el aire parecía más fresco, como si un miasma se hubiera levantado de la isla.

El viaje de regreso a la playa fue notablemente fácil. Senderos que habían estado cubiertos de vegetación ahora aparecían claramente. Arroyos que habían sido torrentes furiosos ahora eran fácilmente vadeables. Era como si la isla, liberada de la influencia de la oscuridad, les estuviera ayudando a irse.

Al anochecer, alcanzaron la cala escondida. El Tiburón Carmesí esperaba mar adentro, un farol ardiendo en su popa como un faro.

"Así termina", dijo Anne, mirando hacia atrás a la montaña elevándose oscura contra el cielo estrellado.

"Termina", acordó Elías. "Y comienza de nuevo".

Chapter 10
The Price of Greed

The journey back to the Crimson Shark was quiet, each lost in their own thoughts. The crew welcomed them with subdued relief, asking few questions when they reported Morgan's death.

"It's for the best," Davies said, speaking for many. "After what he became..."

That night, as the Crimson Shark sailed away from the uncharted island, Jack stood at the rail watching the mysterious landmass recede into darkness. Anne joined him, her face illuminated by starlight.

"Do you think it's really over?" he asked.

She considered the question carefully. "The chest is sealed again, properly this time. The Black Tide is gone. Morgan and his transformed crew are... whatever they are now." She shrugged. "As over as such things ever are, I suppose."

"What does that mean?"

"It means that darkness doesn't stay buried forever, Jack. Someone always comes looking, eventually. Someone always opens doors better left closed."

"Like my father?" The question had been haunting him since Morgan's revelation.

Anne's expression softened. "I don't know. But if he did seek the Black Tide, perhaps it was to protect others from it, not to claim its power."

Jack wanted to believe that. He needed to.

"What will you do now?" he asked, changing the subject.

Anne looked out at the horizon. "Continue my father's work, I think. Not his obsession with finding the Black Tide, but his scholarship—documenting the legends, the warnings, so that others might heed them."

"And you?" she asked.

Jack hadn't thought that far ahead. The events of the past days had changed him, shown him wonders and horrors beyond imagination. The simple life of a fisherman in Blackwater seemed impossible now.

"I still want adventure," he admitted. "But not the kind Morgan sought. There must be ways to explore the world without disturbing ancient evils."

Anne smiled, the first genuine smile he'd seen from her. "There are. Many ways."

Their conversation was interrupted by Davies, approaching with a solemn expression.

"The crew has taken a vote," the boatswain announced. "We want Elias as our new captain."

"A wise choice," Anne approved.

"And," Davies continued, looking at Jack, "we want you as first mate."

Jack was stunned. "Me? But I've barely been a sailor for two weeks!"

Davies chuckled. "You survived the Black Tide, boy. That counts for more than years at sea. Besides, you've got navigation in your blood. Elias says you've got your father's gift."

"I... I don't know what to say."

"Say yes," Anne suggested quietly.

Jack looked at her, then back at Davies. "Yes," he said finally. "I accept."

The decision felt right, as if he'd been moving toward this moment his entire life.

That night, the crew gathered on deck for a solemn ceremony. Those who had been lost were remembered, their names called out one by one as lanterns were set adrift on the dark sea. Even Morgan was honored, not for what he became, but for the captain he had been before obsession consumed him.

Then Elias was formally named captain, with Jack as his first mate. The crew cheered, eager to put the horror behind them and begin anew.

Later, in the captain's cabin—now cleared of Morgan's strange instruments and maps—Elias, Jack, and Anne held a council of their own.

"The darkness is contained again," Elias said, "but not destroyed. It can never be destroyed, only imprisoned."

"And the dagger?" Jack asked. "Morgan threw it into the sea."

"Let us hope it remains there," Elias replied grimly. "Though I fear such objects have a way of returning when least expected."

"So what do we do?" Anne wondered. "Simply sail away and pretend none of this happened?"

Elias shook his head. "We remain vigilant. We document what we've seen, what we've learned. Knowledge is our best defense against such darkness."

"And we warn others," Jack added. "Spread the true story of the Black Tide, not as a tale of treasure, but as a warning."

Anne nodded approvingly. "My father would have agreed with that approach."

"Then it's settled," Elias concluded. "We sail for Port Royal, where Anne can begin her research, and we can recruit new crew. After that..." He spread his hands. "The sea is vast, and there are many adventures that don't involve cursed ships."

As Jack left the cabin, he paused on the quarterdeck, looking back the way they had come. For a moment—just the briefest instant—he thought he saw a dark shape on the horizon. A ship with black sails.

When he blinked, it was gone.

Perhaps it had been nothing but a trick of moonlight on water. Perhaps the Black Tide was truly gone, its curse broken, its power contained once more in that strange black cube.

Or perhaps some darkness could never be fully vanquished, only temporarily subdued.

Either way, Jack knew his course was set. Whatever came, he would face it with open eyes and a steady hand. The sea had called him, as it had called his father before him.

And Jack Storm had answered.

Capítulo 10
El Precio de la Codicia

El viaje de regreso al Tiburón Carmesí fue silencioso, cada uno perdido en sus propios pensamientos. La tripulación los recibió con alivio contenido, haciendo pocas preguntas cuando informaron de la muerte de Morgan.

"Es lo mejor", dijo Davies, hablando por muchos. "Después de en lo que se convirtió..."

Esa noche, mientras el Tiburón Carmesí se alejaba navegando de la isla inexplorada, Jack estaba de pie en la barandilla observando cómo la misteriosa masa de tierra retrocedía en la oscuridad. Anne se unió a él, su rostro iluminado por la luz de las estrellas.

"¿Crees que realmente ha terminado?", preguntó.

Ella consideró la pregunta cuidadosamente. "El cofre está sellado de nuevo, apropiadamente esta vez. La Marea Negra se ha ido. Morgan y su tripulación transformada son... lo que sea que sean ahora". Se encogió de hombros. "Tan terminado como tales cosas pueden estar, supongo".

"¿Qué significa eso?"

"Significa que la oscuridad no permanece enterrada para siempre, Jack. Alguien siempre viene buscando, eventualmente. Alguien siempre abre puertas mejor dejadas cerradas".

"¿Como mi padre?" La pregunta lo había estado atormentando desde la revelación de Morgan.

La expresión de Anne se suavizó. "No lo sé. Pero si buscó la Marea Negra, quizás fue para proteger a otros de ella, no para reclamar su poder".

Jack quería creer eso. Lo necesitaba.

"¿Qué harás ahora?", preguntó, cambiando de tema.

Anne miró hacia el horizonte. "Continuar el trabajo de mi padre, creo. No su obsesión por encontrar la Marea Negra, sino su erudición—documentar las leyendas, las advertencias, para que otros puedan prestarles atención".

"¿Y tú?", preguntó ella.

Jack no había pensado tan adelante. Los eventos de los últimos días lo habían cambiado, le habían mostrado maravillas y horrores más allá de la imaginación. La simple vida de un pescador en Blackwater parecía imposible ahora.

"Todavía quiero aventura", admitió. "Pero no del tipo que Morgan buscaba. Debe haber formas de explorar el mundo sin perturbar males antiguos".

Anne sonrió, la primera sonrisa genuina que él había visto de ella. "Las hay. Muchas formas".

Su conversación fue interrumpida por Davies, acercándose con una expresión solemne.

"La tripulación ha votado", anunció el contramaestre. "Queremos a Elías como nuestro nuevo capitán".

"Una sabia elección", aprobó Anne.

"Y", continuó Davies, mirando a Jack, "te queremos a ti como primer oficial".

Jack estaba atónito. "¿A mí? ¡Pero apenas he sido marinero durante dos semanas!"

Davies se rio. "Sobreviviste a la Marea Negra, muchacho. Eso cuenta más que años en el mar. Además, tienes la navegación en la sangre. Elías dice que tienes el don de tu padre".

"Yo... no sé qué decir".

"Di que sí", sugirió Anne en voz baja.

Jack la miró, luego de nuevo a Davies. "Sí", dijo finalmente. "Acepto".

La decisión se sentía correcta, como si hubiera estado moviéndose hacia este momento toda su vida.

Esa noche, la tripulación se reunió en cubierta para una ceremonia solemne. Aquellos que se habían perdido fueron recordados, sus nombres pronunciados uno por uno mientras linternas eran puestas a la deriva en el oscuro mar. Incluso Morgan fue honrado, no por lo que se convirtió, sino por el capitán que había sido antes de que la obsesión lo consumiera.

Luego Elías fue nombrado formalmente capitán, con Jack como su primer oficial. La tripulación vitoreó, ansiosa por dejar atrás el horror y comenzar de nuevo.

Más tarde, en el camarote del capitán—ahora despejado de los extraños instrumentos y mapas de Morgan—Elías, Jack y Anne mantuvieron su propio consejo.

"La oscuridad está contenida nuevamente", dijo Elías, "pero no destruida. Nunca puede ser destruida, solo aprisionada".

"¿Y la daga?", preguntó Jack. "Morgan la arrojó al mar".

"Esperemos que permanezca allí", respondió Elías sombríamente. "Aunque temo que tales objetos tienen la costumbre de regresar cuando menos se espera".

"¿Entonces qué hacemos?", se preguntó Anne. "¿Simplemente navegar lejos y fingir que nada de esto sucedió?"

Elías sacudió la cabeza. "Permanecemos vigilantes. Documentamos lo que hemos visto, lo que hemos aprendido. El conocimiento es nuestra mejor defensa contra tal oscuridad".

"Y advertimos a otros", añadió Jack. "Difundimos la verdadera historia de la Marea Negra, no como un cuento de tesoros, sino como una advertencia".

Anne asintió aprobadoramente. "Mi padre habría estado de acuerdo con ese enfoque".

"Entonces está decidido", concluyó Elías. "Navegamos hacia Port Royal, donde Anne puede comenzar su investigación, y podemos reclutar nueva tripulación. Después de eso..." Extendió sus manos. "El mar es vasto, y hay muchas aventuras que no involucran barcos malditos".

Cuando Jack salió del camarote, se detuvo en el alcázar, mirando hacia el camino por donde habían venido. Por un momento—solo el más breve instante—creyó ver una forma oscura en el horizonte. Un barco con velas negras.

Cuando parpadeó, había desaparecido.

Quizás no había sido nada más que un truco de la luz de la luna sobre el agua. Quizás la Marea Negra realmente se había ido, su maldición rota, su poder contenido una vez más en ese extraño cubo negro.

O quizás algunas oscuridades nunca podrían ser completamente vencidas, solo temporalmente sometidas.

De cualquier manera, Jack sabía que su rumbo estaba fijado. Lo que viniera, lo enfrentaría con ojos abiertos y mano firme. El mar lo había llamado, como había llamado a su padre antes que él.

Y Jack Storm había respondido.

Chapter 11
A New Beginning

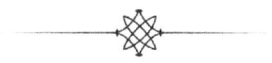

Three months later, the Crimson Shark sailed into familiar waters. Jack stood at the bow, watching as the coastline of his homeland came into view. The small fishing village of Blackwater lay just beyond the next headland.

"Strange to return as a pirate officer," Anne commented, joining him at the rail. She had remained with the ship after Port Royal, her research into maritime legends fitting well with their new mission.

"I'm not sure my mother will appreciate the distinction," Jack replied with a rueful smile.

The Crimson Shark had changed under Elias's command. No longer did they prey on merchant vessels. Instead, they had become something like protectors of the sea lanes, hunting the true pirates who terrorized honest sailors. The arrangement was profitable enough—there were bounties to be claimed, after all—and far more honorable.

"Will you stay?" Anne asked. "In Blackwater, I mean."

Jack shook his head. "Just a visit. To let my mother know I'm alive. To tell her about my father." He glanced at Anne. "Will you come ashore with me?"

She hesitated. "Meeting mothers isn't usually part of my duties as ship's scholar."

"I'm not asking as first mate," Jack said quietly. "I'm asking as a friend."

Anne's expression softened. "In that case, yes."

Blackwater hadn't changed in Jack's absence, though it felt smaller somehow. The fishing boats bobbed in the harbor just as they always had. The same children played along the shore, the same old men mended nets in the shade.

Only Jack had changed.

His mother's cottage stood on the edge of the village, its thatched roof newly repaired, its garden well-tended. As Jack approached, the door opened, and Emma Storm emerged, wiping her hands on her apron.

She froze at the sight of him, her face draining of color.

"Jack?" she whispered, as if afraid he might vanish if she spoke too loudly.

"It's me, Mother," he confirmed, suddenly feeling like a boy again, rather than the seasoned sailor he'd become.

With a cry, Emma rushed forward, enveloping him in an embrace that smelled of fresh bread and home. Jack held her tightly, realizing just how much he had missed her.

When they finally parted, both wiping away tears, Emma noticed Anne standing respectfully some distance away.

"And who is this?" she asked, her tone warming immediately.

"Anne Edwards," Jack introduced. "Ship's scholar on the Crimson Shark, and..." He hesitated, then finished, "A good friend."

Emma's smile was knowing. "Any friend of my son's is welcome in my home. Come in, both of you. You must be hungry after your journey."

Inside, over a simple but delicious meal, Jack told his mother everything—the Black Tide, the island, the darkness they had faced and contained. He told her of Morgan's claim about his father, watching her face carefully for any reaction.

Emma was silent for a long time after he finished. When she spoke, her voice was steady but tinged with old grief.

"Your father did seek the Black Tide," she confirmed. "But not for treasure or power. He sought to end its curse."

"What do you mean?" Jack asked, leaning forward.

Emma rose and went to an old sea chest in the corner. From its depths, she withdrew a leather-bound journal.

"Henry kept this," she explained, returning to the table. "His account of what he learned about the Black Tide. When he disappeared, I hid it away. I couldn't bear to read it, but I couldn't destroy it either."

Jack accepted the journal with reverent hands. "Did he find it? The Black Tide?"

"I don't know," Emma admitted. "His last entry mentions a storm approaching, and a ship on the horizon with strange black sails. After that..." She spread her hands helplessly.

Jack and Anne exchanged glances. The parallels were undeniable.

"This could be invaluable," Anne said, gesturing to the journal. "Combined with my father's research and what we've experienced ourselves..."

"You should take it," Emma told Jack. "Continue what your father started. He would be proud of you, Jack. Not because you've become a sailor like him, but because you faced darkness and chose light."

Jack stayed in Blackwater for a week, reconnecting with his mother and sharing stories of his adventures—the less terrifying ones, at least. Anne integrated surprisingly well into village life, her scholarly nature balanced by a practical approach that the fishing folk appreciated.

But the sea was calling again, as it always would.

"You'll come back?" Emma asked on their last morning, as the Crimson Shark prepared to depart.

"Whenever I can," Jack promised, embracing her. "And I'll write. More than Father did," he added with a gentle smile.

"See that you do," Emma replied, wiping away a tear. "And take care of each other," she added, glancing meaningfully at Anne, who pretended not to notice.

As they rowed back to the Crimson Shark, Jack felt a strange mixture of sadness and anticipation. Behind him lay the comfort and safety of home. Ahead, the vast unknown of the open sea.

"Where to, First Mate Storm?" Captain Elias asked as they came aboard.

Jack consulted his father's journal, now a treasured possession. "According to this, there might be another chest, similar to the one we found but containing something quite different."

"Not more darkness, I hope," Anne said.

Jack shook his head. "My father believed it contained light—a counterbalance to the darkness of the Black Tide. He tracked it to an island in the Caribbean."

Elias considered this, then nodded decisively. "A worthy quest. Set course for the Caribbean, Mr. Storm."

"Aye, Captain," Jack replied with a grin.

As the Crimson Shark caught the wind and moved away from Blackwater, Jack took a moment at the rail. He remembered standing in this same spot as a boy, watching the fishing boats and dreaming of adventure.

Now he had found it—not the blood-soaked piracy he had once imagined, but something better. A purpose. A crew that had become family. A mystery worthy of solving.

And as the ship rounded the headland and the open sea spread before them, Jack thought he glimpsed, just for a moment, another vessel sailing parallel to their course. A ship with weathered white sails that caught the light strangely, seeming to glow from within.

The White Crest, his father had called it in his journal. The counterpart to the Black Tide. A ship of light rather than darkness.

Jack blinked, and it was gone. But he knew, somehow, that their paths would cross again. That this journey was just beginning.

He turned to find Anne watching him, her expression questioning.

"Did you see it?" he asked.

She shook her head. "See what?"

Jack smiled. "I'll tell you later. We have plenty of time."

And indeed they did. The sea stretched endlessly before them, full of wonders and dangers, mysteries and discoveries.

Whatever darkness might still lurk in distant waters, they would face it together.

For now, the wind was fair, the ship was sound, and the horizon beckoned with endless possibility.

Jack Storm, once a boy who dreamed of the sea, had found his true calling. Not as a pirate, but as something far more important—a guardian against the dark tide that would always, eventually, try to rise again.

THE END

Capítulo 11
Un Nuevo Comienzo

Tres meses después, el Tiburón Carmesí navegaba en aguas familiares. Jack estaba de pie en la proa, observando cómo la costa de su tierra natal aparecía a la vista. El pequeño pueblo pesquero de Blackwater se encontraba justo más allá del siguiente promontorio.

"Extraño regresar como oficial pirata", comentó Anne, uniéndose a él en la barandilla. Ella había permanecido con el barco después de Port Royal, su investigación sobre leyendas marítimas encajaba bien con su nueva misión.

"No estoy seguro de que mi madre aprecie la distinción", respondió Jack con una sonrisa nostálgica.

El Tiburón Carmesí había cambiado bajo el mando de Elías. Ya no atacaban barcos mercantes. En su lugar, se habían convertido en algo así como protectores de las rutas marítimas, cazando a los verdaderos piratas que aterrorizaban a los marineros honestos. El acuerdo era lo suficientemente rentable—había recompensas que reclamar, después de todo—y mucho más honorable.

"¿Te quedarás?", preguntó Anne. "En Blackwater, quiero decir".

Jack negó con la cabeza. "Solo una visita. Para que mi madre sepa que estoy vivo. Para contarle sobre mi padre". Miró a Anne. "¿Vendrás a tierra conmigo?"

Ella dudó. "Conocer a las madres no suele ser parte de mis deberes como erudita del barco".

"No te estoy pidiendo como primer oficial", dijo Jack en voz baja. "Te estoy pidiendo como amigo".

La expresión de Anne se suavizó. "En ese caso, sí".

Blackwater no había cambiado en ausencia de Jack, aunque de alguna manera se sentía más pequeño. Los barcos pesqueros se mecían en el puerto como siempre lo habían hecho. Los mismos niños jugaban a lo largo de la orilla, los mismos ancianos remendaban redes en la sombra.

Solo Jack había cambiado.

La cabaña de su madre se encontraba en el borde del pueblo, su techo de paja recién reparado, su jardín bien cuidado. Cuando Jack se acercó, la puerta se abrió, y Emma Storm emergió, secándose las manos en su delantal.

Se quedó inmóvil al verlo, su rostro perdiendo color.

"¿Jack?", susurró, como si temiera que pudiera desvanecerse si hablaba demasiado fuerte.

"Soy yo, Madre", confirmó, sintiéndose de repente como un niño otra vez, en lugar del marinero experimentado en que se había convertido.

Con un grito, Emma se apresuró hacia adelante, envolviéndolo en un abrazo que olía a pan fresco y hogar. Jack la sostuvo con fuerza, dándose cuenta de cuánto la había extrañado.

Cuando finalmente se separaron, ambos secándose las lágrimas, Emma notó a Anne parada respetuosamente a cierta distancia.

"¿Y quién es ella?", preguntó, su tono calentándose inmediatamente.

"Anne Edwards", presentó Jack. "Erudita del Tiburón Carmesí, y..." Dudó, luego terminó, "Una buena amiga".

La sonrisa de Emma era conocedora. "Cualquier amiga de mi hijo es bienvenida en mi hogar. Entren, ambos. Deben estar hambrientos después de su viaje".

Dentro, durante una comida simple pero deliciosa, Jack le contó a su madre todo—la Marea Negra, la isla, la oscuridad a la que se habían enfrentado y contenido. Le habló de la afirmación de Morgan sobre su padre, observando cuidadosamente su rostro en busca de alguna reacción.

Emma estuvo en silencio durante mucho tiempo después de que él terminó. Cuando habló, su voz era firme pero teñida de viejo dolor.

"Tu padre sí buscó la Marea Negra", confirmó. "Pero no por tesoro o poder. Buscaba terminar con su maldición".

"¿Qué quieres decir?", preguntó Jack, inclinándose hacia adelante.

Emma se levantó y fue a un viejo baúl marino en la esquina. De sus profundidades, sacó un diario encuadernado en cuero.

"Henry guardaba esto", explicó, regresando a la mesa. "Su relato de lo que aprendió sobre la Marea Negra. Cuando desapareció, lo escondí. No podía soportar leerlo, pero tampoco podía destruirlo".

Jack aceptó el diario con manos reverentes. "¿La encontró? ¿La Marea Negra?"

"No lo sé", admitió Emma. "Su última entrada menciona una tormenta acercándose, y un barco en el horizonte con extrañas velas negras. Después de eso..." Extendió sus manos impotentemente.

Jack y Anne intercambiaron miradas. Los paralelos eran innegables.

"Esto podría ser invaluable", dijo Anne, gesticulando hacia el diario. "Combinado con la investigación de mi padre y lo que hemos experimentado nosotros mismos..."

"Deberías llevarlo", le dijo Emma a Jack. "Continuar lo que tu padre comenzó. Estaría orgulloso de ti, Jack. No porque te hayas convertido en marinero como él, sino porque enfrentaste la oscuridad y elegiste la luz".

Jack se quedó en Blackwater durante una semana, reconectándose con su madre y compartiendo historias de sus aventuras—las menos aterradoras, al menos. Anne se integró sorprendentemente bien en la vida del pueblo, su naturaleza erudita equilibrada por un enfoque práctico que la gente pesquera apreciaba.

Pero el mar llamaba de nuevo, como siempre lo haría.

"¿Volverás?", preguntó Emma en su última mañana, mientras el Tiburón Carmesí se preparaba para partir.

"Siempre que pueda", prometió Jack, abrazándola. "Y escribiré. Más de lo que lo hizo Padre", añadió con una suave sonrisa.

"Asegúrate de hacerlo", respondió Emma, secándose una lágrima. "Y cuídense el uno al otro", añadió, mirando significativamente a Anne, quien fingió no darse cuenta.

Mientras remaban de regreso al Tiburón Carmesí, Jack sintió una extraña mezcla de tristeza y anticipación. Detrás de él quedaba el confort y la seguridad del hogar. Adelante, lo vasto desconocido del mar abierto.

"¿Hacia dónde, Primer Oficial Storm?", preguntó el Capitán Elías cuando subieron a bordo.

Jack consultó el diario de su padre, ahora una posesión preciada. "Según esto, podría haber otro cofre, similar al que encontramos pero conteniendo algo bastante diferente".

"No más oscuridad, espero", dijo Anne.

Jack negó con la cabeza. "Mi padre creía que contenía luz—un contrapeso a la oscuridad de la Marea Negra. Lo rastreó hasta una isla en el Caribe".

Elías consideró esto, luego asintió decisivamente. "Una búsqueda digna. Establezca rumbo hacia el Caribe, Sr. Storm".

"Sí, Capitán", respondió Jack con una sonrisa.

Mientras el Tiburón Carmesí captaba el viento y se alejaba de Blackwater, Jack se tomó un momento en la barandilla. Recordó estar parado en este mismo lugar cuando era niño, observando los barcos pesqueros y soñando con aventuras.

Ahora la había encontrado—no la piratería empapada en sangre que una vez había imaginado, sino algo mejor. Un propósito. Una tripulación que se había convertido en familia. Un misterio digno de resolver.

Y mientras el barco rodeaba el promontorio y el mar abierto se extendía ante ellos, Jack creyó vislumbrar, solo por un momento, otra embarcación navegando paralela a su curso. Un barco con velas blancas desgastadas que captaban la luz de manera extraña, pareciendo brillar desde dentro.

La Cresta Blanca, lo había llamado su padre en su diario. La contraparte de la Marea Negra. Un barco de luz en lugar de oscuridad.

Jack parpadeó, y había desaparecido. Pero sabía, de alguna manera, que sus caminos se cruzarían de nuevo. Que este viaje apenas comenzaba.

Se volvió para encontrar a Anne observándolo, su expresión cuestionante.

"¿Lo viste?", preguntó.

Ella negó con la cabeza. "¿Ver qué?"

Jack sonrió. "Te lo contaré más tarde. Tenemos mucho tiempo".

Y de hecho lo tenían. El mar se extendía infinitamente ante ellos, lleno de maravillas y peligros, misterios y descubrimientos. Cualquier oscuridad que aún pudiera acechar en aguas distantes, la enfrentarían juntos.

Por ahora, el viento era favorable, el barco estaba en buen estado, y el horizonte los llamaba con infinitas posibilidades.

Jack Storm, una vez un chico que soñaba con el mar, había encontrado su verdadera vocación. No como pirata, sino como algo mucho más importante—un guardián contra la marea negra que siempre, eventualmente, intentaría alzarse de nuevo.

FIN

Enjoyed this book?

Share your thoughts with a review and help more readers discover it! Your feedback truly makes a difference.

☆ ☆ ☆ ☆ ☆

To be the first to read my next book or for any suggestions about new translations, visit: https://arielsandersbooks.com/

SPECIAL BONUS
Want this Bonus Ebook for *free*?

SCAN W/ YOUR CAMERA TO DOWNLOAD THE EBOOK!

Glossary English
Prologue

- Unruly (Rebelde) - Disorderly and difficult to control
- Callused (Encallecido) - Having hardened skin due to repeated friction or pressure
- Horizon (Horizonte) - The line at which the earth's surface and the sky appear to meet
- Wreckage (Restos del naufragio) - The remains of something that has been severely damaged or destroyed
- Vanished (Desaparecido) - Having disappeared suddenly and completely
- Magnificent (Magnífico) - Extremely beautiful and impressive
- Vessel (Embarcación) - A ship or large boat
- Freckled (Pecoso) - Covered with freckles, small brownish spots on the skin
- Quickened (Aceleró) - Made or became faster or quicker
- Anchored (Anclado) - Secured firmly in position
- Brutal (Brutal) - Savagely violent, punishingly hard or severe
- Treacherous (Traicionero) - Dangerous because of hidden risks; not to be trusted
- Plummeting (Desplomándose) - Falling or dropping straight down at high speed
- Rounded (Rodeó) - Passed around a corner or obstacle
- Furled (Plegadas) - Rolled up and secured neatly
- Scrambled (Trepó) - Moved hurriedly with urgency, especially on hands and knees
- Navigator (Navegante) - A person who directs the route of a ship or aircraft
- Eagerly (Ansiosamente) - In a way that shows keen interest or enthusiasm
- Destiny (Destino) - The events that will necessarily happen to a particular person in the future

- Lanterns (Linternas) - Portable cases for holding a light, typically with a handle

Chapter 1

- Weathered (Curtido) - Worn by exposure to the elements over a long period
- Maelstrom (Vorágine) - A powerful whirlpool or turbulent situation
- Fierce (Feroz) - Having or displaying aggression or ferocity
- Vanished (Desaparecido) - Having disappeared suddenly and completely
- Wary (Cauteloso) - Feeling or showing caution about possible dangers
- Treasures (Tesoros) - A quantity of precious metals, gems, or other valuable objects
- Pounded (Golpeaba) - Struck heavily and repeatedly
- Howled (Aullaba) - Made a long, loud, doleful cry typical of wolves or dogs
- Survivor (Sobreviviente) - A person who survives, especially a person remaining alive after an event in which others have died
- Whispered (Susurraban) - Spoke very softly using one's breath rather than one's voice
- Insisted (Insistieron) - Demanded something firmly or repeatedly
- Grudgingly (De mala gana) - In a reluctant or resentful manner
- Narrowed (Entrecerró) - Made or became less wide
- Grinding (Moliéndose) - Reducing something to small particles by crushing it
- Burden (Carga) - A load, typically a heavy one
- Darkened (Oscurecido) - Made or became dark or darker
- Swallow (Tragarse) - Cause or allow to pass down the throat
- Mercy (Piedad) - Compassion or forgiveness shown toward someone
- Curiosity (Curiosidad) - A strong desire to know or learn something
- Fascination (Fascinación) - The power to fascinate someone; the quality of being fascinating

Chapter 2

- Rigging (Aparejo) - The system of ropes, chains, and tackle used to support and control the masts, sails, and yards of a sailing vessel
- Awestruck (Asombrado) - Filled with or revealing awe or wonder
- Elaborate (Elaborado) - Involving many carefully arranged parts or details; intricate
- Cultured (Cultivada) - Characterized by refined taste and manners
- Broad-shouldered (Ancho de hombros) - Having shoulders that are wide from side to side
- Streaked (Veteada) - Marked with streaks or stripes of a different color
- Socket (Cuenca) - A hollow part or opening into which something fits
- Intently (Atentamente) - With earnest and eager attention
- Calculating (Calculando) - Figuring out or estimating by mathematical methods
- Circling (Rodeando) - Moving in a circular path around something
- Predator (Depredador) - An animal that naturally preys on others
- Steadily (Firmemente) - In a steady, even, or regular manner
- Shaky (Tembloroso) - Trembling or quivering; unsteady
- Intimidating (Intimidante) - Having a frightening, overawing, or threatening effect
- Cryptically (Enigmáticamente) - In a mysterious or obscure way
- Suspicious (Sospechosas) - Having or showing a cautious distrust of someone or something
- Forecastle (Castillo de proa) - The forward part of a ship below the deck
- Commotion (Conmoción) - A state of confused and noisy disturbance
- Exhilarated (Eufórico) - Very happy, animated, or elated

- Parchment (Pergamino) - A writing material made from processed animal skin

Chapter 3

- Hierarchy (Jerarquía) - A system in which people or things are arranged according to their importance
- Contempt (Desprecio) - The feeling that someone or something is worthless or beneath consideration
- Furtively (Furtivamente) - In a manner attempting to avoid notice or attention, typically because of guilt or a belief that discovery would lead to trouble
- Superstition (Superstición) - A widely held but irrational belief in supernatural influences
- Weathered (Curtido) - Showing the effects of exposure to the weather
- Tarnished (Deslustrado) - Losing or having lost luster or brightness
- Reluctant (Reacio) - Unwilling and hesitant; disinclined
- Aloft (En alto) - Up in or into the air; overhead
- Crescent (Media luna) - A shape resembling a segment of a ring tapering to points at the ends
- Hush (Silencio) - A sudden silence, especially one caused by anticipation or awe
- Unintimidated (Sin intimidarse) - Not feeling frightened or nervous by the presence or actions of someone
- Flutter (Aleteo) - A quick, light movement back and forth or up and down
- Dispersed (Dispersó) - Distribute or spread over a wide area
- Silhouette (Silueta) - The dark shape and outline of someone or something visible against a lighter background
- Artifacts (Artefactos) - Objects made by human beings, typically items of cultural or historical interest
- Decipher (Descifrar) - Convert a text written in code, or a coded signal, into normal language
- Consumed (Consumió) - Destroyed or used up by fire or other means
- Cryptic (Críptica) - Having a meaning that is mysterious or obscure
- Ally (Aliado) - A person or organization that cooperates with or helps another in a particular activity

- Possibilities (Posibilidades) - Things that may happen or be the case

Chapter 4

- Grudging (De mala gana) - Given or allowed with reluctance or unwillingness
- Intricacies (Complejidades) - Complex or detailed aspects of something
- Mystical (Místico) - Having a spiritual significance that transcends human understanding
- Unreadable (Indescifrable) - Impossible to interpret or understand
- Obsession (Obsesión) - A persistent disturbing preoccupation with an often unreasonable idea or feeling
- Becalmed (Encalmado) - Unable to move through lack of wind
- Eerie (Inquietante) - Strange and frightening
- Pulse (Pulsar) - To expand and contract rhythmically; to throb
- Spiral (Espiral) - Moving in a continuously curving pattern that circles around a central point
- Feverish (Febril) - Showing or marked by great excitement and energy
- Scrambled (Se apresuraron) - Moved or climbed hurriedly and awkwardly
- Mournful (Lastimero) - Expressing sorrow; sorrowful
- Gale (Vendaval) - A very strong wind
- Heeled (Escoró) - Tilted to one side, as of a ship
- Quarterdeck (Alcázar) - The raised deck at the stern of a sailing ship
- Teetered (Se tambaleó) - Moved or balanced unsteadily
- Elongated (Alargados) - Unusually long in relation to width
- Lashing (Atándose) - Tying or fastening with a rope or cord
- Defiance (Desafío) - Open resistance; bold disobedience
- Hauling (Izando) - Pulling or dragging with force

Chapter 5

- Tendrils (Zarcillos) - A slender thread-like appendage of a climbing plant or animal
- Seascape (Paisaje marino) - A picture, view, or description of the sea or coastal scenery
- Lapping (Lamiendo) - Moving in small waves against something
- Forbidding (Intimidante) - Looking threatening or unfriendly
- Shrouded (Envuelta) - Covered or hidden from view
- Cutlass (Sable) - A short, heavy curved sword with a single cutting edge
- Profound (Profundo) - Very great or intense; having great intellectual depth
- Warped (Deformado) - Bent or twisted out of shape
- Carved (Tallado) - Cut or shaped a hard material
- Sculpted (Esculpido) - Carved or formed into a three-dimensional shape
- Craftsmanship (Artesanía) - The quality of design and work shown in something made by hand
- Mortar (Mortero) - A mixture of lime with cement, sand, and water, used as a binding agent between bricks or stones
- Cairn (Montículo) - A mound of rough stones built as a memorial or landmark
- Petrified (Petrificado) - Changed into stone or a substance of stony hardness
- Grotesque (Grotesco) - Comically or repulsively ugly or distorted
- Barren (Estéril) - Too poor to produce much or any vegetation
- Bloodless (Exangüe) - Drained of blood; very pale
- Rigidity (Rigidez) - Stiffness or inflexibility
- Muttered (Murmuraron) - Spoke in a low or barely audible voice
- Steepened (Se empinó) - Became or made more steep

Chapter 6

- Pitched (Modulada) - Set at a particular level, degree, or volume
- Distinguish (Distinguir) - Recognize or treat as different
- Sheer (Escarpada) - Extremely steep or vertical
- Cascade (Cascada) - A small waterfall, especially one of several falling in stages
- Dubious (Dudosas) - Hesitating or doubting; not convinced
- Vanished (Desapareció) - Disappeared suddenly and completely
- Distorted (Distorsionada) - Twisted or pulled out of shape; misrepresented or altered
- Disorientation (Desorientación) - A state of mental confusion regarding position, direction, or identity
- Jutted (Sobresalían) - Extended outward or upward beyond the surrounding objects
- Cavernous (Cavernoso) - Like a cavern in being large, dark, or echoing
- Littered (Esparcidos) - Covered with scattered objects
- Summoned (Invocados) - Called to be present
- Intensity (Intensidad) - The quality of being intense; strength or degree
- Rigid (Rígida) - Unable to bend or be forced out of shape; not flexible
- Soundlessly (Silenciosamente) - Making no sound; silent
- Swayed (Tambaleaba) - Moved slowly backward and forward or from side to side
- Unleash (Desatar) - Release from a leash or restraint; set free
- Standoff (Enfrentamiento) - A confrontation between opposing groups in which no side appears to gain an advantage
- Bulging (Abombándose) - Swelling outward in a rounded shape
- Coalescing (Fusionándose) - Coming together to form one mass or whole

Chapter 7

- Phantom (Fantasma) - A ghost or apparition; something that seems to exist but is not real
- Hoarse (Ronca) - Rough or harsh in sound, typically as a result of a sore throat or shouting
- Herding (Arreando) - Driving or guiding animals in a particular direction
- Encircled (Rodeó) - Formed a circle around; surrounded completely
- Treacherous (Traicionero) - Dangerous because of hidden risks or hazards
- Plateau (Meseta) - An area of relatively level high ground
- Derelict (Abandonado) - In a very poor condition as a result of disuse and neglect
- Zigzagged (Zigzagueaba) - Moved in a zigzag course; had a series of short, sharp turns or angles
- Dread (Pavor) - Great fear or apprehension
- Loomed (Se cernía) - Appeared as a shadowy, threatening, or impressively large figure
- Figurehead (Mascarón de proa) - A carved wooden decoration at the front of an old-fashioned sailing ship
- Entity (Entidad) - A thing with distinct and independent existence
- Tatters (Jirones) - Irregularly torn pieces of cloth, paper, etc.
- Beckoned (Hizo señas) - Made a gesture with the hand or head to encourage someone to approach or follow
- Devastating (Devastadora) - Causing severe damage or destruction
- Receded (Retrocedió) - Moved back or away from a previous position
- Lunged (Se abalanzaron) - Made a sudden forward thrust with the body
- Viscous (Viscosa) - Having a thick, sticky consistency between solid and liquid
- Transfixed (Paralizado) - Rendered motionless, as with terror, amazement, or awe

- Contorted (Contorsionó) - Twisted or bent into an unnatural position

Chapter 8

- Panted (Jadeaba) - Breathed with short, quick breaths, typically from exertion
- Agility (Agilidad) - Ability to move quickly and easily
- Dizzying (Vertiginosas) - Causing a whirling sensation and making one feel unsteady
- Outcrop (Saliente) - A rock formation that is visible above the surface of the surrounding land
- Billowing (Ondeando) - Filling with air and swelling outward
- Frantically (Frenéticamente) - In a hurried, excited, or disorganized manner
- Stunted (Achaparrados) - Prevented from growing or developing properly
- Agonizing (Angustiante) - Causing extreme physical or mental pain
- Slaughter (Masacre) - The killing of a large number of people or animals in a cruel or violent way
- Spectral (Espectral) - Ghostly; resembling a ghost or phantom
- Massacre (Matanza) - The indiscriminate and brutal slaughter of many people
- Skepticism (Escepticismo) - A questioning attitude or doubt toward knowledge, facts, or opinions
- Swiftness (Rapidez) - The quality of moving or being capable of moving with great speed
- Incredulously (Incrédulamente) - In a manner showing unwillingness or inability to believe something
- Welled (Brotó) - Rose to the surface and flowed forth
- Clot (Coagular) - Form into a soft, semisolid mass
- Crimson (Carmesí) - Deep red color inclining to purple
- Engulfed (Envuelto) - Swept over or covered completely
- Bombardment (Bombardeo) - Continuous attack with bombs, shells, or other missiles
- Bewilderment (Desconcierto) - The state of being confused and puzzled

Chapter 9

- Haggard (Demacrado) - Looking exhausted and unwell, especially from fatigue, worry, or suffering
- Monstrous (Monstruoso) - Having the ugly or frightening appearance of a monster
- Pitch (Brea) - A thick, black, sticky substance obtained from tar or turpentine and used for waterproofing
- Shuddered (Se estremeció) - Trembled convulsively, typically as a result of fear or revulsion
- Fused (Fusionado) - Joined or blended to form a single entity
- Ward off (Alejar) - To prevent something unpleasant or dangerous from affecting or coming near one
- Treacherous (Traicionera) - Dangerous because of hidden risks or hazards
- Currents (Corrientes) - The part of a fluid body moving continuously in a certain direction
- Excavated (Excavaron) - Dug out and removed earth from a site
- Stirred (Se agitó) - Moved or caused to move slightly
- Croaked (Graznó) - Spoke in a way that sounds rough and hoarse
- Wheeze (Resoplido) - A breathy whistling sound caused by breathing with a partially closed air passage
- Boundaries (Fronteras) - Lines that mark the limits of an area; dividing lines
- Heritage (Herencia) - Property that is or may be inherited; an inheritance
- Overgrown (Cubiertos de vegetación) - Covered with excessive vegetation
- Torrents (Torrentes) - Strong and fast-moving streams of water or other liquid
- Viscous (Viscoso) - Having a thick, sticky consistency between solid and liquid
- Plateau (Meseta) - An area of relatively level high ground
- Dispersing (Dispersándose) - Distributing or spreading over a wide area

- Miasma (Miasma) - A highly unpleasant or unhealthy smell or vapor

Chapter 10

- Uncharted (Inexplorado) - Not mapped or previously explored; unknown territory
- Mysterious (Misterioso) - Difficult to understand or explain; enigmatic or puzzling
- Illuminated (Iluminado) - Lit up; provided with light or clarified and explained
- Transformed (Transformado) - Changed completely in form or appearance
- Revelation (Revelación) - A surprising and previously unknown fact that has been disclosed
- Scholarship (Erudición) - Academic study or achievement; great learning
- Imprisoned (Encarcelado) - Confined or kept captive, typically in a prison
- Eventually (Eventualmente) - In the end, especially after a long time or series of events
- Approaching (Acercándose) - Coming near or nearer to something in distance or time
- Instruments (Instrumentos) - Tools or devices used for a particular purpose
- Temporarily (Temporalmente) - For a limited period of time; not permanently
- Considered (Considerado) - Thought about carefully, especially before making a decision
- Interrupted (Interrumpido) - Stopped the continuous progress of an activity or process
- Approvingly (Aprobatoriamente) - In a manner showing approval or agreement
- Navigation (Navegación) - The process or activity of accurately ascertaining one's position and planning a route
- Vanquished (Vencido) - Defeated thoroughly in a contest or conflict
- Imagination (Imaginación) - The faculty of forming mental images or concepts of what is not present
- Expression (Expresión) - The look on someone's face that conveys a particular emotion

- Disturbing (Perturbador) - Causing anxiety, worry, or discomfort; upsetting
- Adventures (Aventuras) - Exciting or unusual experiences; daring and exciting activities

Chapter 11

- Counterbalance (Contrapeso) - Something that balances or offsets something else; a force or influence that provides an equilibrium
- Distinction (Distinción) - A difference or contrast between similar things or people; recognition of excellence
- Respectfully (Respetuosamente) - In a way that shows or expresses respect or deference
- Reconnecting (Reconectando) - Establishing a connection again; renewing a relationship
- Surprisingly (Sorprendentemente) - In a manner that causes surprise because it is unexpected
- Meaningfully (Significativamente) - In a way that is serious, important, or worthwhile; with purpose
- Anticipation (Anticipación) - The action of anticipating something; expectation or prediction
- Arrangement (Acuerdo) - A plan or preparation for a future event; an agreement or settlement
- Disappeared (Desaparecido) - No longer visible; lost or gone without explanation
- Approaching (Acercándose) - Coming near or nearer to something in distance or time
- Invaluable (Invaluable) - Extremely useful or indispensable; beyond calculable worth
- Experienced (Experimentado) - Having knowledge or skill in a particular field from observation or participation
- Appreciated (Apreciado) - Recognized the full worth of something; valued or admired highly
- Counterpart (Homólogo) - A person or thing that corresponds to or has the same function as another
- Questioning (Cuestionando) - Asking questions, especially in an official context; expressing doubt
- Discoveries (Descubrimientos) - The action or process of finding something previously unknown
- Possibility (Posibilidad) - A thing that may happen or be the case; the state of being possible

- Protectors (Protectores) - People or things that protect someone or something; guardians or defenders
- Terrorized (Aterrorizado) - Filled with extreme fear; subjected to terror or intimidation
- Profitable (Rentable) - Yielding profit or financial gain; beneficial or useful

Glosario Español

Prólogo

- Contrapeso (Counterbalance) - Algo que equilibra o compensa otra cosa; una fuerza que proporciona equilibrio.
- Distinción (Distinction) - Una diferencia o contraste entre cosas o personas similares; reconocimiento de excelencia.
- Inexplorado (Uncharted) - No mapeado o explorado previamente; territorio desconocido.
- Misterioso (Mysterious) - Difícil de entender o explicar; enigmático o desconcertante.
- Significativamente (Meaningfully) - De una manera que es seria, importante o valiosa; con propósito.
- Anticipación (Anticipation) - La acción de anticipar algo; expectativa o predicción.
- Desaparecido (Disappeared) - Ya no visible; perdido o ido sin explicación.
- Acercándose (Approaching) - Viniendo cerca o más cerca de algo en distancia o tiempo.
- Invaluable (Invaluable) - Extremadamente útil o indispensable; de valor incalculable.
- Experimentado (Experienced) - Que tiene conocimiento o habilidad en un campo particular por observación o participación.
- Homólogo (Counterpart) - Una persona o cosa que corresponde o tiene la misma función que otra.
- Revelación (Revelation) - Un hecho sorprendente y previamente desconocido que ha sido revelado.
- Iluminado (Illuminated) - Alumbrado; provisto de luz o clarificado y explicado.
- Transformado (Transformed) - Cambiado completamente en forma o apariencia.
- Aterrorizado (Terrorized) - Lleno de miedo extremo; sometido a terror o intimidación.
- Rentable (Profitable) - Que produce ganancia o beneficio financiero; beneficioso o útil.

- Protectores (Protectors) - Personas o cosas que protegen a alguien o algo; guardianes o defensores.
- Descubrimientos (Discoveries) - La acción o proceso de encontrar algo previamente desconocido.
- Encarcelado (Imprisoned) - Confinado o mantenido cautivo, típicamente en una prisión.
- Erudición (Scholarship) - Estudio académico o logro; gran aprendizaje.

Capítulo 1

- Apresuradamente (Hastily) - De manera rápida y con prisa; sin detenerse a pensar o considerar.
- Constantemente (Constantly) - De manera continua o frecuente; sin interrupción.
- Repentinamente (Suddenly) - De modo inesperado o imprevisto; sin aviso previo.
- Precipitándose (Rushing) - Moviéndose a gran velocidad; cayendo desde una altura.
- Nerviosamente (Nervously) - Con inquietud o agitación; mostrando ansiedad o intranquilidad.
- Sigilosamente (Stealthily) - De manera silenciosa y cautelosa; sin ser detectado.
- Transportaban (Transported) - Llevaban algo de un lugar a otro; trasladaban.
- Desaparecido (Disappeared) - Que ya no está visible o presente; que no se puede encontrar.
- Desconocidas (Unknown) - No conocidas o familiares; ignoradas o extrañas.
- Serpenteando (Winding) - Moviéndose con curvas, como una serpiente; zigzagueando.
- Ansiosamente (Eagerly) - Con gran deseo o impaciencia; con entusiasmo.
- Conocimiento (Knowledge) - Información o comprensión adquirida a través de la experiencia o educación.
- Contentaban (Contented) - Se sentían satisfechos o complacidos con algo; se conformaban.
- Encontraron (Found) - Descubrieron algo que estaba perdido o que se buscaba.
- Recuperaron (Recovered) - Volvieron a tener algo que se había perdido; recobraron.
- Pertenecido (Belonged) - Que era propiedad de alguien; que formaba parte de algo.
- Prometiendo (Promising) - Dando palabra de hacer algo; mostrando señales de éxito futuro.
- Traicionero (Treacherous) - Que esconde peligros o dificultades; que no es confiable.

- Proyectando (Projecting) - Lanzando o extendiendo hacia adelante; planeando para el futuro.
- Embarcación (Vessel) - Construcción capaz de flotar destinada a transportar personas o cosas por agua.

Capítulo 2

- Sorprendentemente (Surprisingly) - De manera que causa sorpresa o asombro; de modo inesperado.
- Enigmáticamente (Enigmatically) - De manera misteriosa o ambigua; difícil de interpretar o entender.
- Cuidadosamente (Carefully) - Con atención y esmero; con precaución para evitar errores o daños.
- Determinación (Determination) - Firmeza en los propósitos; decisión inquebrantable para lograr algo.
- Dolorosamente (Painfully) - De manera que causa dolor físico o emocional; con gran incomodidad.
- Perfectamente (Perfectly) - De manera completa o absoluta; sin defectos o fallos.
- Uniformemente (Uniformly) - De manera constante o regular; sin variaciones.
- Contramaestre (Boatswain) - Oficial de un barco encargado de dirigir las maniobras y trabajos de la tripulación.
- Instrumentos (Instruments) - Objetos fabricados para realizar operaciones o trabajos precisos.
- Intensamente (Intensely) - Con gran fuerza, energía o concentración; de manera profunda.
- Temperamento (Temperament) - Manera natural de ser o de reaccionar de una persona; carácter.
- Pertenencias (Belongings) - Conjunto de bienes o enseres que pertenecen a alguien.
- Sorprendente (Surprising) - Que causa asombro o extrañeza por ser inesperado.
- Críticamente (Critically) - De manera que implica análisis y evaluación; con juicio crítico.
- Oficialmente (Officially) - De manera formal o autorizada; según las formalidades establecidas.
- Reemplazado (Replaced) - Sustituido por otra cosa o persona; puesto en lugar de algo o alguien.
- Dispositivo (Device) - Mecanismo diseñado para cumplir una función específica.
- Habilidades (Skills) - Capacidades para realizar algo con destreza; talentos o aptitudes.

- Interrumpió (Interrupted) - Cortó la continuidad de algo; detuvo momentáneamente una acción.
- Intimidante (Intimidating) - Que causa miedo o temor; que impone por su aspecto o actitud.

Capítulo 3

- Cuestionamiento (Questioning) - Acción de poner en duda algo; interrogación o crítica sobre la validez de algo.
- Constantemente (Constantly) - De manera continua o frecuente; sin interrupción o variación.
- Supersticiosas (Superstitious) - Relativas a creencias irracionales basadas en el miedo a lo desconocido; que atribuyen valor sobrenatural a ciertos hechos.
- Entretenimiento (Entertainment) - Acción o actividad destinada a divertir o distraer; diversión o pasatiempo.
- Suficientemente (Sufficiently) - De manera adecuada o bastante; en cantidad o grado necesario.
- Civilizaciones (Civilizations) - Conjuntos de costumbres, ideas, conocimientos y cultura de sociedades humanas desarrolladas.
- Cuidadosamente (Carefully) - Con atención y esmero; con precaución para evitar errores o daños.
- Excitadamente (Excitedly) - Con entusiasmo o agitación; mostrando gran emoción o nerviosismo.
- Arremolinadas (Swirling) - Que se mueven en forma circular o espiral; que giran formando remolinos.
- Nerviosamente (Nervously) - Con inquietud o agitación; mostrando ansiedad o intranquilidad.
- Advertencias (Warnings) - Avisos o consejos que previenen sobre un peligro o riesgo; señales de alerta.
- Coleccionista (Collector) - Persona que reúne objetos de una misma clase por afición o estudio.
- Especialmente (Especially) - Particularmente o principalmente; de manera especial o singular.
- Descripciones (Descriptions) - Explicaciones detalladas de las características de algo; representaciones con palabras.
- Posibilidades (Possibilities) - Cosas que pueden ocurrir o existir; opciones o alternativas disponibles.
- Contramaestre (Boatswain) - Oficial de un barco encargado de dirigir las maniobras y trabajos de la tripulación.
- Furtivamente (Furtively) - De manera oculta o secreta; con disimulo para no ser descubierto.

- Interrogarlo (To interrogate him) - Hacerle preguntas a alguien para obtener información; someterlo a un interrogatorio.
- Reconocibles (Recognizable) - Que pueden ser identificados o distinguidos; que se pueden conocer entre varios similares.
- Perturbadas (Disturbed) - Alteradas o inquietadas; que han perdido su estado normal o tranquilo.

Capítulo 4

- Ocasionalmente (Occasionally) - De vez en cuando; en algunas ocasiones pero no frecuentemente.
- Experimentados (Experienced) - Que tienen conocimiento o habilidad por haberlo vivido; con amplia práctica.
- Desencadenadas (Unleashed) - Liberadas o puestas en acción repentinamente; provocadas o iniciadas.
- Imposiblemente (Impossibly) - De manera que no puede ser o suceder; más allá de lo factible.
- Siniestramente (Sinisterly) - De manera amenazante o malévola; que causa inquietud o miedo.
- Milagrosamente (Miraculously) - De manera sorprendente o inexplicable; como por milagro.
- Repentinamente (Suddenly) - De modo inesperado o imprevisto; sin aviso previo.
- Mantenimiento (Maintenance) - Conjunto de operaciones para conservar algo en buen estado; cuidado continuo.
- Complejidades (Complexities) - Cualidades de lo que tiene muchos elementos interrelacionados; dificultades.
- Indescifrable (Indecipherable) - Que no puede ser interpretado o entendido; imposible de descodificar.
- Sigilosamente (Stealthily) - De manera silenciosa y cautelosa; sin ser detectado.
- Estabilizarla (To stabilize it) - Mantenerla firme o en equilibrio; hacer que algo sea estable.
- Determinación (Determination) - Firmeza en los propósitos; decisión inquebrantable para lograr algo.
- Profundidades (Depths) - Partes más hondas o alejadas de la superficie; lugares muy profundos.
- Violentamente (Violently) - Con fuerza extrema o intensidad; de manera brusca o agresiva.
- Contramaestre (Boatswain) - Oficial de un barco encargado de dirigir las maniobras y trabajos de la tripulación.
- Interminable (Endless) - Que no tiene fin o parece no tenerlo; muy largo o prolongado.
- Endurecieron (Hardened) - Se volvieron más fuertes o resistentes; se hicieron menos sensibles.

- Electricidad (Electricity) - Forma de energía basada en el movimiento de cargas eléctricas; sensación de tensión.
- Anormalmente (Abnormally) - De manera que se desvía de lo normal o habitual; fuera de lo común.

Capítulo 5

- **Zarcillos** - *Tendrils* - Prolongaciones delgadas y flexibles, similares a cables o hilos, que se retuercen y extienden, como las que forman algunas plantas trepadoras o, en este caso, la niebla.
- **Bruma** - *Mist/Haze* - Niebla ligera que reduce la visibilidad, especialmente sobre el mar o en zonas montañosas.
- **Amortiguada** - *Muffled/Dampened* - Sonido atenuado o reducido en su intensidad, como si hubiera un obstáculo que impide su propagación clara.
- **Cala** - *Cove* - Pequeña bahía o entrada de mar en la costa, generalmente protegida de los vientos y con aguas tranquilas.
- **Febril** - *Feverish* - Estado o apariencia que sugiere fiebre; intenso, excitado o ansioso de manera extrema y poco saludable.
- **Petrificados** - *Petrified* - Convertidos en piedra o con apariencia de piedra; también puede referirse a quedar paralizado por miedo extremo.
- **Grotescas** - *Grotesque* - Formas extrañas, distorsionadas o aberrantes que producen una impresión inquietante o desagradable.
- **Exangüe** - *Bloodless/Exsanguinated* - Sin sangre; que ha perdido toda o casi toda la sangre del cuerpo.
- **Cresta** - *Ridge* - Línea elevada formada por el encuentro de dos pendientes o vertientes; parte superior de una elevación de terreno.
- **Mortero** - *Mortar* - Material de construcción que se utiliza para unir piedras, ladrillos u otros elementos, creando una estructura sólida.
- **Regañadientes** - *Reluctantly* - De mala gana o con resistencia; realizando algo sin verdadero deseo de hacerlo, sino por obligación o presión.
- **Desparramado** - *Sprawled* - Extendido o tirado de manera desordenada, ocupando un espacio mayor del normal, generalmente en una posición incómoda o poco natural.

- **Escudriñando** - *Scrutinizing* - Examinando o mirando algo con gran atención y cuidado, tratando de descubrir detalles o aspectos ocultos.
- **Empinó** - *Steepened* - Forma del verbo empinar, que significa aumentar la inclinación o pendiente de algo, haciéndolo más vertical o difícil de ascender.
- **Bilis** - *Bile* - Líquido amargo secretado por el hígado; metafóricamente, sensación de disgusto o náusea provocada por algo perturbador.
- **Depresión** - *Depression/Hollow* - En este contexto, zona hundida en un terreno o superficie, formando una concavidad o pequeño valle.
- **Golpeteo** - *Lapping/Tapping* - Sonido repetitivo y suave producido por el movimiento del agua contra una superficie, como las olas contra el casco de un barco.
- **Artesanía** - *Craftsmanship* - Habilidad o destreza con la que algo ha sido fabricado o construido, generalmente implicando trabajo manual especializado.
- **Montículo** - *Mound* - Pequeña elevación de tierra o piedras que sobresale del terreno circundante; acumulación redondeada de material.
- **Vigía** - *Lookout* - Persona encargada de observar desde un punto elevado para detectar peligros, tierra, otros barcos u objetos de interés para la navegación.

Capítulo 6

- **Acompasado** - *Matched/In rhythm* - Ajustado o sincronizado al ritmo o paso de otra persona; movimiento coordinado.
- **Nublados** - *Clouded/Foggy* - Ojos cubiertos por una película o capa opaca que impide la visión clara; aspecto turbio o nebuloso.
- **Empuñadura** - *Hilt/Handle* - Parte de un arma blanca, como un cuchillo o espada, por donde se toma con la mano.
- **Escarpado** - *Steep/Sheer* - Terreno o superficie con una pendiente muy pronunciada, casi vertical y difícil de escalar.
- **Tenuemente** - *Faintly* - De manera débil, sutil o apenas perceptible; con poca intensidad o fuerza.
- **Engastada** - *Inlaid/Set* - Incrustada o fijada firmemente, generalmente referido a piedras preciosas colocadas en un marco o montura.
- **Ecos** - *Echoes* - Repeticiones de un sonido producidas por la reflexión de ondas sonoras; metafóricamente, resonancias o reminiscencias de eventos pasados.
- **Improvisada** - *Makeshift/Improvised* - Creada con los materiales disponibles en el momento, sin preparación previa; solución temporal o de emergencia.
- **Estanque** - *Pool* - Extensión pequeña de agua estancada, natural o artificial, generalmente menos profunda que un lago.
- **Abombándose** - *Bulging* - Acción de hincharse o expandirse hacia afuera formando una protuberancia o curva convexa.
- **Distorsionada** - *Distorted* - Alterada en su forma, apariencia o sonido original; deformada o desfigurada.
- **Oxidado** - *Rusted* - Metal deteriorado por la acción del oxígeno y la humedad, formando una capa rojiza o marrón en su superficie.
- **Inquietantemente** - *Disturbingly* - De manera que causa inquietud, preocupación o desasosiego; perturbadoramente.
- **Unión** - *Joint/Seam* - Punto donde se juntan o conectan dos piezas o partes; línea de conexión entre elementos.
- **Dispersos** - *Scattered* - Distribuidos sin orden por un área o superficie; esparcidos de manera irregular.

- **Membrana** - *Membrane* - Tejido o capa delgada y flexible que cubre, conecta o separa diferentes estructuras o espacios.
- **Alargada** - *Elongated* - Que tiene una forma más larga que ancha; extendida en una dirección más que en otras.
- **Retorciéndose** - *Twisting* - Movimiento en el que algo gira sobre sí mismo formando espirales o curvas irregulares.
- **Intrusos** - *Intruders* - Personas que entran o se introducen en un lugar sin autorización o derecho; invasores.
- **Desgastada** - *Worn down* - Superficie erosionada o reducida gradualmente por el uso constante, fricción o el paso del tiempo.

Capítulo 7

- **Mascarón de proa** - *Figurehead* - Figura decorativa que se coloca en la parte delantera de un barco, tradicionalmente tallada en madera.
- **Antinatural** - *Unnatural* - Algo que va contra lo que se considera normal o natural, que resulta extraño o contrario a las leyes de la naturaleza.
- **Acantilado** - *Cliff* - Pendiente rocosa de gran inclinación que se encuentra en costas o montañas, generalmente formada por la erosión.
- **Demacradas** - *Emaciated/Gaunt* - Personas o figuras extremadamente delgadas y débiles, con aspecto enfermizo o consumido.
- **Bramó** - *Roared* - Forma del verbo bramar, que significa gritar con fuerza y furia, similar al rugido de un animal.
- **Escarcha** - *Frost* - Capa fina de hielo cristalino que se forma sobre superficies cuando la temperatura desciende por debajo del punto de congelación.
- **Zigzagueaba** - *Zigzagged* - Forma del verbo zigzaguear, que describe un movimiento o trayectoria que avanza formando ángulos alternos, entrantes y salientes.
- **Esquelética** - *Skeletal* - Que tiene la apariencia de un esqueleto, extremadamente delgado, mostrando los huesos.
- **Contorsionó** - *Contorted* - Forma del verbo contorsionar, que significa retorcer o doblar el cuerpo de forma anormal o forzada.
- **Repisa** - *Ledge* - Superficie horizontal estrecha que sobresale de una pared o de una montaña.
- **Barandillas** - *Railings* - Estructuras que sirven como barrera protectora en escaleras, balcones o en este caso, en la cubierta de un barco.
- **Incrustados** - *Embedded* - Objetos insertados firmemente en una superficie, como si formaran parte de ella.
- **Espetó** - *Snapped/Retorted* - Forma del verbo espetar, que significa hablar de forma brusca o cortante.
- **Abrigo raído** - *Tattered coat* - Prenda de vestir exterior que está muy gastada y deshilachada por el uso.

- **Astilló** - *Splintered* - Forma del verbo astillar, que significa romper algo dejando trozos o fragmentos puntiagudos.
- **Viscosa** - *Viscous* - Sustancia que tiene una consistencia espesa y pegajosa, que fluye con dificultad.
- **Fauces** - *Jaws* - Parte de la boca de ciertos animales o, en sentido figurado, una abertura amenazante similar a una boca.
- **Júbilo maníaco** - *Manic joy* - Estado de alegría extrema y enfermiza, asociado con comportamientos irracionales o psicóticos.
- **Traicionero** - *Treacherous* - Algo que presenta peligros ocultos o engañosos, que no es como parece ser.
- **Retorcidas** - *Twisted* - Formas que han sido giradas o dobladas de manera anormal, generalmente con apariencia desagradable o perturbadora.

Capítulo 8

- **Serpenteaba** - *Winded/Snaked* - Describe un camino o movimiento que avanza formando curvas similares a las de una serpiente.
- **Vertiginosas** - *Dizzying/Vertiginous* - Sensación de mareo o pérdida de equilibrio, especialmente cuando se está a gran altura; también describe alturas extremas que provocan vértigo.
- **Achaparrados** - *Stunted/Scrubby* - Plantas o árboles de poca altura, con crecimiento limitado, generalmente por condiciones ambientales adversas.
- **Leva anclas** - *Weigh anchor* - Acción de levantar o recoger las anclas de un barco para iniciar la navegación.
- **Impotente** - *Helpless/Powerless* - Estado en el que una persona no tiene poder, fuerza o capacidad para actuar o cambiar una situación.
- **Espectral** - *Spectral/Ghostly* - Relacionado con fantasmas o espectros; que tiene apariencia sobrenatural o fantasmagórica.
- **Coagularse** - *Coagulate/Clot* - Proceso por el cual un líquido, especialmente la sangre, se espesa y se solidifica parcialmente.
- **Obsidiana** - *Obsidian* - Tipo de roca volcánica vítrea, de color negro o muy oscuro, con bordes extremadamente afilados cuando se fractura.
- **Escorarse** - *Heel over/List* - Inclinarse un barco hacia uno de sus costados debido a la fuerza del viento o a un desequilibrio en su carga.
- **Géiser** - *Geyser* - Surgimiento o chorro violento de agua o arena que se eleva en el aire, similar a una fuente natural.
- **Catalejo** - *Spyglass/Telescope* - Instrumento óptico portátil que permite ver objetos lejanos con mayor detalle.
- **Troneras** - *Gunports* - Aberturas en el casco de un barco de guerra por donde asoman los cañones.
- **Yardas** - *Yards* - Unidad de medida de longitud equivalente a 0.9144 metros, utilizada principalmente en países anglosajones.
- **Camaradas** - *Comrades/Fellows* - Compañeros que comparten actividades, profesión o ideales; personas unidas por amistad o solidaridad.

- **Atadura** - *Binding/Tether* - Acción y efecto de atar o sujetar algo; también puede referirse a vínculos o conexiones místicas.
- **Vislumbres** - *Glimpses* - Visiones breves o parciales de algo que no se puede ver completamente.
- **Marchitada** - *Withered* - Planta o vegetación que ha perdido su frescura y vigor, volviéndose seca y mustia.
- **Bruma** - *Mist/Haze* - Niebla ligera que reduce la visibilidad, especialmente sobre el mar o en zonas montañosas.
- **Sobresaliente** - *Protruding/Jutting* - Que sobresale o se extiende más allá de una superficie o límite normal.
- **Convulsionaba** - *Convulsed* - Forma del verbo convulsionar, que describe movimientos violentos e involuntarios del cuerpo causados por contracciones musculares.

Capítulo 9

- **Contramaestre** - *Boatswain/Bosun* - Oficial subalterno de un barco que supervisa las maniobras y trabajos de la tripulación, especialmente los relacionados con el aparejo y mantenimiento del barco.
- **Curtido** - *Weather-beaten/Seasoned* - Referido a una persona cuya piel está endurecida o bronceada por la exposición prolongada al sol, viento y otros elementos naturales.
- **Brea** - *Pitch/Tar* - Sustancia negra, viscosa y pegajosa derivada del petróleo o producida por la destilación de maderas resinosas, utilizada tradicionalmente en barcos.
- **Fusionado** - *Fused* - Unido o mezclado con otro elemento hasta formar una sola entidad, generalmente de manera permanente e inseparable.
- **Despejados** - *Clear* - En este contexto, caminos o senderos libres de obstáculos, vegetación o impedimentos para el paso.
- **Incrustaciones** - *Inlays/Embossments* - Elementos decorativos insertados en una superficie, generalmente de diferente material, formando relieves o diseños.
- **Torrentes** - *Torrents* - Corrientes de agua que fluyen con gran fuerza y velocidad, especialmente durante crecidas o en terrenos con pendiente pronunciada.
- **Miasma** - *Miasma* - Emanación o atmósfera desagradable, nociva o malsana que se creía antiguamente que causaba enfermedades; metafóricamente, una influencia maligna o corruptora.
- **Graznó** - *Croaked* - Forma del verbo graznar, que describe un sonido áspero y desagradable, como el emitido por cuervos o por una persona con voz ronca y deteriorada.
- **Carrasposo** - *Rasping/Grating* - Sonido o voz áspera, ronca o desagradable, como si estuviera raspando la garganta.
- **Enredaderas** - *Vines* - Plantas trepadoras de tallos largos y flexibles que se enrollan y extienden sobre otras plantas o estructuras.
- **Alquitrán** - *Tar* - Sustancia viscosa, oscura y pegajosa derivada principalmente del carbón o madera, usada para impermeabilizar.

- **Machete** - *Machete* - Herramienta de corte con hoja ancha y pesada, utilizada principalmente para cortar vegetación densa, similar a un cuchillo grande.
- **Sigilosa** - *Stealthy* - Acción o movimiento realizado con sigilo, cautela y silencio, tratando de no ser detectado.
- **Atronadora** - *Thunderous* - Ruido o sonido extremadamente fuerte, comparable al trueno; también puede describir una acción realizada con gran fuerza o intensidad.
- **Raspó** - *Rasped* - Forma del verbo raspar, que describe un sonido áspero producido por fricción o una voz ronca y desagradable.
- **Viscoso** - *Viscous/Slimy* - Sustancia de consistencia espesa, pegajosa y resbaladiza, que fluye con dificultad.
- **Chapoteo** - *Splashing* - Sonido que produce el agua al caer o al moverse algo dentro de ella.
- **Vadeables** - *Fordable* - Referido a ríos o corrientes de agua que pueden atravesarse a pie, caminando por el fondo sin necesidad de nadar.
- **Resoplido** - *Snort* - Sonido producido al expulsar aire con fuerza por la nariz, generalmente expresando desprecio, burla o esfuerzo.

Capítulo 10

- **Atormentando** - *Tormenting* - Causando sufrimiento continuo o persistente, física o mentalmente; acosando o perturbando de manera constante.
- **Solemne** - *Solemn* - Ceremonia o actitud seria, formal y respetuosa, generalmente relacionada con momentos importantes o trascendentales.
- **Erudición** - *Scholarship* - Conocimiento profundo adquirido mediante el estudio y la investigación; sabiduría académica o intelectual.
- **Barandilla** - *Railing* - Estructura que sirve como barrera protectora en un barco, escalera o balcón, generalmente formada por palos verticales y horizontales.
- **Aprisionada** - *Imprisoned* - Encerrada o confinada; mantenida en cautiverio o bajo control estricto.
- **Alcázar** - *Quarterdeck* - Parte elevada de la cubierta posterior de un barco, especialmente en barcos antiguos, donde se ubicaba el puesto de mando.
- **Camarote** - *Cabin* - Habitación o compartimento en un barco que sirve como alojamiento para oficiales, pasajeros o tripulación.
- **Temporalmente** - *Temporarily* - Por un tiempo limitado; no de manera permanente o definitiva.
- **Sometidas** - *Subdued* - Controladas o dominadas; reducidas en intensidad o actividad; subyugadas.
- **Revelación** - *Revelation* - Descubrimiento o divulgación de información previamente oculta o desconocida, a menudo impactante o significativa.
- **Consejo** - *Council* - En este contexto, reunión de personas para discutir y decidir sobre asuntos importantes; también puede referirse al grupo mismo que se reúne.
- **Vitoreó** - *Cheered* - Forma del verbo vitorear, que significa aclamar o celebrar con gritos de alegría y entusiasmo.
- **Atónito** - *Astounded* - Estado de extrema sorpresa o asombro, quedándose sin palabras o capacidad de reacción inmediata.

- **Primer oficial** - *First mate* - Oficial que está inmediatamente por debajo del capitán en la jerarquía de un barco, responsable de la operación del navío y la tripulación.
- **Nombrado formalmente** - *Formally appointed* - Designado oficialmente para un cargo o posición mediante un procedimiento o ceremonia reconocida.
- **Perturbador** - *Disturbing* - Que causa inquietud, preocupación o alteración emocional; que rompe la paz o tranquilidad.
- **Aventuras** - *Adventures* - Experiencias emocionantes, peligrosas o inusuales; empresas o actividades que implican riesgo o emoción.
- **Genuina** - *Genuine* - Auténtica, sincera, no fingida; que expresa verdaderamente lo que se siente o piensa.
- **Vigilantes** - *Vigilant* - Personas que permanecen alertas y atentas, observando cuidadosamente para detectar peligros o amenazas.
- **Linternas** - *Lanterns* - Dispositivos portátiles de iluminación que contienen una fuente de luz protegida por material translúcido o transparente.

Capítulo 11

- **Promontorio** - *Promontory/Headland* - Elevación de tierra que sobresale en el mar, formando un punto alto y avanzado de la costa.
- **Erudita** - *Scholar* - Persona que posee amplios conocimientos en una materia específica, adquiridos mediante estudio profundo e investigación.
- **Encajaba** - *Fit/Matched* - Forma del verbo encajar, que significa adaptarse o corresponder adecuadamente a algo, como una pieza que se integra perfectamente.
- **Nostálgica** - *Nostalgic* - Relacionada con la nostalgia; que evoca recuerdos y sentimientos de tiempos pasados, generalmente con una mezcla de alegría y melancolía.
- **Rentable** - *Profitable* - Que produce beneficios económicos o ganancias suficientes para justificar una inversión o esfuerzo.
- **Remendaban** - *Mended/Patched* - Forma del verbo remendar, que significa reparar o arreglar algo roto o dañado, especialmente telas o redes, colocando parches o cosiendo las partes rotas.
- **Delantal** - *Apron* - Prenda que se coloca sobre la ropa, generalmente atada a la cintura, para protegerla durante tareas como cocinar o limpiar.
- **Techo de paja** - *Thatched roof* - Cubierta de una casa hecha con paja, juncos u otro material vegetal similar, dispuesto densamente para impermeabilizar la estructura.
- **Desgastadas** - *Worn/Weathered* - Que muestran signos de uso, deterioro o exposición prolongada a elementos como el viento, el sol o el agua.
- **Aterradoras** - *Terrifying* - Que causan terror, miedo extremo o pánico; tremendamente espantosas o intimidantes.
- **Teñida** - *Tinged* - Que tiene un leve tono o matiz de algo, como un color o una emoción, mezclado con su cualidad principal.
- **Reverentes** - *Reverent* - Con reverencia; mostrando un profundo respeto, admiración o veneración por algo o alguien.
- **Impotentemente** - *Helplessly* - De manera impotente; sin poder o capacidad para cambiar o controlar una situación.

- **Innegables** - *Undeniable* - Que no pueden ser negados o rechazados; evidentes o absolutamente ciertos.
- **Significativamente** - *Meaningfully* - De manera significativa; con un propósito o intención clara y especial, a menudo comunicando algo sin palabras directas.
- **Contrapeso** - *Counterweight* - Peso que equilibra o compensa otro, tanto literal como figurativamente; fuerza opuesta que crea equilibrio.
- **Empapada** - *Soaked/Drenched* - Completamente mojada o impregnada de líquido; en sentido figurado, profundamente inmersa en algo.
- **Fingió** - *Pretended* - Forma del verbo fingir, que significa simular o aparentar algo que no es real o verdadero.
- **Guardián** - *Guardian* - Persona que protege, defiende o cuida de algo o alguien; vigilante que salvaguarda contra amenazas o peligros.
- **Vocación** - *Calling/Vocation* - Inclinación o predisposición natural hacia una determinada actividad, profesión o forma de vida; sentido de propósito o destino.

Printed in Dunstable, United Kingdom